“林中小屋”（陈益林）名师工作室书系之一

U0961023

風向不定

陈益林 著

东南大学出版社
·南京·

内容提要

本书系浙江省东阳中学语文学科主任、“惕吾文学院”院长、特级教师陈益林的个人诗集。这部诗歌集子之所以取名为《风向不定》，一是受女诗人路也诗集《风生来就没有家》的启发，二是喻指此诗集中的诗歌形式多样、风格多变。本诗集新诗、旧诗兼备，长诗、短诗共有，典雅、通俗并存，豪放、婉约合体，雅正、俏皮相融，既是一支平民心曲，也是一部学者诗集。

“林中小屋”是陈益林老师的省级名师网络工作室名称，本书属“林中小屋”书系之一。

图书在版编目（CIP）数据

风向不定 / 陈益林著. -- 南京 : 东南大学出版社，2018.6
（“林中小屋”（陈益林）名师工作室书系）
ISBN 978-7-5641-7785-0

Ⅰ. ①风… Ⅱ. ①陈… Ⅲ. ①诗集 - 中国 - 当代 Ⅳ. ①I227

中国版本图书馆CIP数据核字(2018)第107756号

风向不定

出版发行	东南大学出版社
社　　址	南京市玄武区四牌楼 2 号(邮编：210096)
出 版 人	江建中
责任编辑	丁　丁
经　　销	全国各地新华书店
印　　刷	兴化印刷有限责任公司
开　　本	700mm×1000mm　1/16
印　　张	35.5
字　　数	513 千字
版　　次	2018 年 6 月第 1 版
印　　次	2018 年 6 月第 1 次印刷
书　　号	ISBN 978-7-5641-7785-0
定　　价	78.00 元

前言

自2006年由中国文史出版社出版了20多万字的个人诗文集《雅典娜与缪斯的二重奏》一书，倏忽又是10多年过去了。在这10多年中，所可欣慰者，自己的笔还是像一个辛勤的老农，也许劳作的亩产并不高，种出的庄稼也不外是普通的黍、稷、麦、稻，但一是劳动的本色不丢，二是珍惜自己的劳动成果，自足自乐。10多年下来，仔细一捡拾，发现自己笔头底下也已有50多万字的笔耕成绩。说自己的孩子自己疼也好，说敝帚自珍也好，总觉得该梳理总结一下了。于是便把这50多万字的内容分为语文教学思考探索类，散文随笔创作类，以及新诗、旧诗走笔类，分别编为《语文路上，摸高探低》《堂奥》《风向不定》三本集子。

这本诗歌集子之所以取名为《风向不定》，一是受我极喜爱的女诗人路也的启发，二是比喻我的诗歌风格不定，豪放、婉约，新诗、旧诗，高雅、俚俗，兴之所至，任意咏叹挥写。路也，女，山东济南人。毕业于山东大学中文系，现执教于济南大学文学院。著有诗集《风生来就没有家》《心是一架风车》，长诗《心脏内科》等，中短篇小说集《我是你的芳邻》，以及长篇小说

《幸福是有的》《别哭》《亲爱的茑萝》《冰樱桃》等。我的这本诗集命名，灵感之一就是脱胎于路也的诗集《风生来就没有家》。

许多年前，读到过这样两句话，给人印象极深。一是“爱诗，有眼光，有才情的选择”；二是“爱上诗歌，从此远离潇洒”。前一句我极欣赏，后一句，不完全赞同。有人说，现在的诗人、作家太多太滥了，随便捡块瓦片扔出去就能砸中一位所谓的诗人、作家，所以文字越来越不值钱了。但既然是大学中文系毕业，对中国的语言文字总是有一份难以割舍的热爱。大学毕业后，又当了一名中学语文教师，养成了咬文嚼字的习惯。窃以为诗歌是最能够与咬文嚼字的积习配套的体裁，于是几十年下来，便且读且教且行且摄且思且嚼且吟，自得其乐，不知老之将至。

“附庸风雅”一直是个贬义词，后来读到一篇文章，为“附庸风雅”翻案，说“附庸风雅”者起码知道“风雅”是好的美的东西，比起那些不懂风雅为何物的人士总要可爱得多。此文诚足以振聋发聩。在金钱至上、物欲横流的时代，喜欢写诗，经常写诗，确实会有被人视为“附庸风雅”之嫌，尤其是喜欢写古典诗词，模仿中国古人的东方式雅致生活方式，更是容易遭“东施效颦”之讥。但还是用句歌词聊以自慰：爱我所爱，无怨无悔。

这本诗集中，有几首貌似绝句、律诗的古诗，写于粗晓古代诗词格律之前，只能滥充古绝古风之类了。自 2016 年下半年起，跟着东阳市诗词楹联学会的一帮诗友学习，慢慢地悟到了古代格律诗写作的一些门道，所写的古诗词数量剧增。所创律诗、绝句，少数用《中华新韵》，大多用平水韵；所填之词，则基本都用《词林正韵》。特此说明。

海德格尔说“语言是存在之家”，希望我的生命一在路上前行，一在我的书里显现。

目录

卷一：新诗

◎ 第三辑 爱之想象

◎ 第四辑　花石怡情

◎ 第五辑　吾乡吾土

◎ 第六辑 校园春秋

◎ 第九辑　人物写真

◎ 第十辑　嘤鸣友声

◎ 第十一辑　远足放歌

卷二：旧诗

◎第一辑　枨触感怀

◎第二辑 感吟物华

◎第三辑　花石怡情

◎第四辑　茶余饭后

◎第五辑 校园春秋

◎ 第六辑　年节抒怀

◎ 第七辑　嘤鸣友声

◎第八辑　吾乡吾土

◎ 第九辑　远足放歌

卷一

新　诗

卷首语

师（诗）者絮语

陈益林

现在的学校，差不多都建成了花园式学校，春园花朝秋月夜，绿树蓊郁，群葩吐芳，徜徉校园，美不胜收。如果我们的语文课，培养出的只是一群只会枯坐教室，死做题目，对身边的美景毫无感应神经的树瞎花盲，那实在是我们语文老师的失职。真正的语文老师，应该是诗人，既会读纸上之书，又会读自然之书。我在学校开设了《花香树影中的语文》选修课，将美景与语文有机嫁接，为的就是开展极富生活化的语文学习活动。教学中坚持“以生活为根基，以学生为主体，以教师为主导，以美文佳诗为启迪”的原则，在多样化的学习活动中，一方面让学生充分领略生活中的美丽与美丽的生活，另一方面让学生在审美愉悦中不断提升诗意的感受和表达能力。

诗意语文，来自有墙的课堂与无形的课堂的有机对接。“在校园里，一枝花、一泓水、一棵树的价值，从某种意义上说，与一门课、一位教师、一次考试的价值同样重要。”（徐荣祥《教育，要亲近自然》）钱理群先生曾深情回忆师生月下围坐学《月赋》的美好情景。我所执教的东阳中学，所种植的花草树木已达140多种。在教室里，和学生同品叙写花草树木的中外美文佳诗，在校园中，与学生一同穿行于花香树影之中，边赏花木，边聊语文。江苏省语文特级教师曹勇军说得好：“学校犹水也，师生犹鱼也，其行动犹游泳也。大鱼前导，小鱼尾随，是从游也。从游既久，其濡染观摩之效，自不求而至，不为而成。”师生协同，多作一点语文学习的诗意游泳，是提高语文学科魅力指数的重要途径。

古人十分崇尚“游学”，践行“行万里路，读万卷书，交万种友”的求学理念。“世事洞明皆学问，人情练达即文章”，书本固可读，草木、山川亦可读，人事更可读。学语文不是皓首穷经的苦涩疲惫，而是畅饮知识甘泉的心旷神怡。知识如大气氤氲于人的生命体周围，知识如元气沛然贯注于生命体的肺腑。诗意语文就像十八世纪欧洲第一位浪漫主义大诗人布莱克在《天真的预示》中所说的“一颗沙里看出一个世界，一朵花里一座天堂，把无限放在你的手掌上，永恒在一刹那里收藏”。武侠小说里说武功素养极高的武林高手掷叶飞花，皆可伤人。《神雕侠侣》一书中就说大侠独孤求败“四十岁后，不滞于物，草木竹石均可为剑。自此精修，渐进于无剑胜有剑之境”。具备生活化诗意语文学习自觉意识的人，片石寸草，尽皆可赏可玩，可审可读，可诗可文。具备生活化诗意语文学习自觉意识的人，其生命体与语文往往臻于你中有我、我中有你的水乳交融的化境。清人袁枚的一首小诗很能展现此种妙境：“但肯寻诗便有诗，灵犀一点是吾师。夕阳芳草寻常物，解用皆为绝妙词。”

一个具有诗意生活化自觉意识的人，在他的眼里，生活既是一个具象的世界，却又如三年之后庖丁眼中的牛——不复全牛。官知止而神欲行，信手而至，即可从生活中拎出活泼鲜灵的诗意现象。校园的一块奇石，可以引发他无尽的遐想，他知道，精美的石头真的会唱歌，不过它只唱给有灵性慧根的人听；校园里的一棵树，可以让他痴迷半晌。那树，那叶，那花，可以让他百变千幻为“乡愁，是一棵没有年轮的树，永不老去”“删繁就简三秋树，领异标新二月花”“西山红叶好，霜重色愈浓”“草木无情，有时飘零；人为动物，惟物之灵”“好大一棵树，绿色的祝福”“人是会走的树，树是站立的人。叶是树的手，根是树的脚。枝伸曲如四肢，干挺拔如身躯。而且树高贵可为官宦，如泰山五大夫松；平易又不失热忱，如黄山迎客松……”

从认读校园的一草一木开始，赏香花嘉木，品吟花咏木之诗文，美在其中，乐在其中，知识和美育的滋养如清泉汩汩流淌其中。

花香树影书香之中，师生同品同赏同读同写，可以创作出多少至情至性之诗文！

第一辑

枨触感怀

斑马线

在车马还未铁铸钢化以前
道路从来不必加锁
牛车马车的颠簸
轻易不会磕破
一位醉吟诗人的身影
当战战兢兢的大地
开始出现斑马线的栅栏
人及所有动物走出的脚步
从自由体走向严谨的格律

插　曲

阳光突然断了电
天幕一下黑了屏
这不过是一段插曲
给心安副雨刮器
刷干净雨水
可以找回晴好的天

小石子硌住大步流星
速度搁浅在路边
这不过是一段插曲
将鞋摘下稍作清理
只要继续向前
指顾山水任我行

毁谤如箭雨飞至
谣诼满大街游走
这不过是一段插曲
让风去吹走落叶
歪斜的影子边
照样矗立笔直的身板

小脚女人的趔趄
猪尾巴男人愚弱的灵魂
这不过是一段插曲
积贫积弱的国土
经觉醒的犁铧银锄改造
一片生机盎然鲜花着锦

2016.2.13

卢宅观灯

当夜明珠封存在传说里
我们自己开始种植
一种花朵。一种绽放后
即可点亮并美艳夜晚的花朵
花一样的灯长开不败的花
卢宅花灯，一簇簇的光芒
照亮了岁末烘暖了新年
有了亮堂堂的灯光
古宅有了灵魂有了温度
花妖狐怪只能在阴影里
编织聊斋，而人影在大堂之上
自在穿梭。灯火给喜气上了油彩
幸福的人群集体上演
叫喜乐年华的大剧

2016.2.13

砖

一块泥土
跌落又起来
直到棱角分明
才敢报出
石的名字
跨进墙的队列

韵

星在，天空就会给光明留些孔洞
花在，大地就会让希望睁大眼睛
心在，天地就会让生活平仄起韵

织　缘

为等一个清秋
荻花熬白了头
没那么悲情，我是
一只乖顺的小渡舟
江水是线，我就作梭
慢说邻里乡党
任你是南腔，抑或北调
我都往复来回，弋动
为你，将缘分的锦帛
一一织就

蜡梅怨

书漏了页
冬缺了雪
弓爽了弦的约
心情乱如箭
零乱复堆叠
等遍了腊月
不见你消息
幽怨鼓如苞
撑破日和夜
少却白纱巾
明艳打了折
暗香似游魂
风中自明灭

2015.1.29

酣　睡

无眠与无钱一样水深火热
今夜，我在梦边摸彩
争取一夜暴富
让酣睡
如同财迷专注于金钱
对我一往情深

2015.1

甜　瓜

蜜汁一般的夏日阳光下
瓜们都怀上了阳光一样的蜜汁
不再遮遮掩掩了
母亲一样的瓜们
坦然地挺着丰硕的肚腹
在青藤织就的睡床上
整天聊不够的
总是甜甜的心事

2011.8.24

诗之艳想

爱上诗
就喜欢到处走走
看看花，摸摸草
拉拉风的衣袖
亲亲阳光
抱抱土地
于是外遇就多
灵魂屡屡遭遇激情

一不小心就有了
好诗常常未婚先孕
诗界没有计划生育
灵感便如野孩子
满地打滚
诗娃，因此
绵
绵
不
绝

2014.12.7

喝 茶

杯也罢，壶也好
绿茶、红茶、普洱茶、铁观音
来者不拒
抓起一撮是一撮
有茶叶就让生活起色
没茶叶白开水也喝得自在可乐
我所谓的茶水
不管放不放茶叶
是煮沸之水的统称
与茶亲近的姿态很不专业
完全的自选动作
随性地捞起就喝
但我依然是一位恒久的茶客
茶水每天，自晨至夜
自我的喉间至肚腹
周匝回绕不歇
正如身边的朋友
俗也交，雅也接
只要心性尚可
我就让耳和目贴近他们
在心与心的振荡之间
总能获取或多或少的教益

2014.11.29

理　发

一松懈
便是年深月久
尘世中，胡乱
摸爬滚打
一向疏于打理
欲望疯长
芜杂如发

而今夜月光甚好
清冷如醍醐
你冷峻的思想
似窗外的寒风剪剪
深入我凌乱的发丛
将我的身心
收拾一新

2014.12.6

伤　逝

一不留神
今天的大半多截
便咻溜一下
钻进黑夜的洞穴
我一把揪住
白天的尾巴
在神情落寞的向晚
企图拽回一段光明
光阴满是逆鳞啊
触手都是不可逆的冰凉
与时间的拔河中
我虽执拗，却总徒劳

2015.3.30

职　业

上岸的
都进化为树
晚风中招摇
闲情逸致
我，一条执拗的鱼
保持原初状态
每天穿越
夜色最浓重的水域
抵达洞穴
换取短暂的安宁
黎明很快
漂白身边的水色
抢在日出之前
我重新游进
潜藏危机的江湖

2015.5.20

隐　痛

头上，他人的阳光一派灿烂
我将影子揉碎，扔满一地
风站起来，一个劲喝倒彩
流年不利季节乖谬
一棵树的隐痛
呻吟在骨子里
喝醉阳光的鸟儿们
只顾自己傻乐

昨夜台风

尽管气象台一再敦促
尼伯特台风还是爽约
追风者你追不到风
昨夜你制造了一场台风
你嫌湖的水面缺乏沧桑
你喜欢邀约万川汹涌成海
你说没有登过山的脚步
一定缺乏钙质
你让灵魂去流浪
把所有惊奇的目光
一一收入行囊

2016.7.10

黑　洞

一路行走，一路消逝
亲人、挚友
我执拗的爱恋
敌不过大地的黑洞
一个又一个陨落
只有回忆依然坚实如梳
爬理出他们的音容笑貌
栩栩如生
我将用我
不知疲倦的目光和听觉
时加擦拭
让一种缘，一分爱
永不沾染尘埃

谣　言

黑色的旋风
自遥远的林边来袭
周匝缠绕千百遍
便成铁桶也似的
一个黑洞
把你困在垓心
你拆下肋骨点成火把
奋力突围
直到火光疲软如烛
阴影依然壁立如初
最后，你守护住本心
让蔑视的眼光如箭
冷冷，与时间对峙
谣言，最招架不住
耐心和无视
黑色的旋风如阴冷的毒蛇
你懒得撩拨它
它自行灰溜溜消逝

我和我的文学

人家，用刀用火
与时间打赌
心情倔强成甲骨文字
坚挺了华夏
数千年风云

而我，年轻时，很豪情
视文学为烙铁
以为攥紧了
就能将自己的身影
烫描作历史的肖像

走老了岁月，才发现
我的文学
除了烫伤自己
心底留印
世界常常无动于衷
我在沙滩上题字
梦想虽曾涛生潮涌
却是水过无痕

2015.1.24

熬　制

书房，像药房一样
有自己的独特味道
环堵书香坐拥书城
借此炮制一种
灵性的生活方式
相比药房
几克几两的严饬精准
书房，多几分惬意洒脱
以沉静为炉
时光为炭
炉上坐一罐
古今中外的滋补材质
年轻时的急火滚沸
加年长后的文火慢炖
书房中恒久地坚持
我在熬制一味药
一味
可以医愚的
药

2014.8.21

阳光，变得珍稀

阳光灿烂的日子
将真诚笑成一朵花
走向人丛，企图插进
记忆中的热带雨林

发现，人们的眼神
正集体产生
阳光的抗体
我的笑容，顷刻熄灭
裹胁在纷纷撤退的人群中
退入一个
阳光不能攻克的峡谷

二十一世纪不甘心
挖掘机忙着想刨去
人心的忐忑之根
大吊车极其夸张
伸开巨臂
探进峡谷阴影的腹地
试图捞出几张
特别苍白的面孔
晾晒到太阳底下

离开阳光久远
血的温度，不断冷却
彼此的眼神
开始对峙
阳光如此珍稀
着急的脚手架
不断拔节
提升人类的海拔高度

人类的触手
与太阳距离之近
前所未有
原以为，大把大把的阳光
可以孵化大同世界之梦了
谁承想，高处不胜寒
高度与温度的反比例定律
把我们搁浅在
冰冷的空气中

做一个幸福的人

做一个幸福的人
其实很容易
不必学海子
喂马劈柴从明天做起
现在就可以开始
只要每天
为世界点赞一次
点赞的对象
可以大到
人类看到冥王星的高清照片
也可以小到
夏日飘过一阵小风
还是小确幸好
随时可以找到
孩子的一点进步
朋友的一声问候
喝醉酒老婆不说你
早上清脆的鸟鸣
中午丝瓜烧得不错
夜晚还能看到星星
已是仲夏时节
我家庭院竟还能冒出
几朵洁白的小叶栀子花
你说值不值得
幸福地大大点赞

独　行

一任你的背影
消融于暮色
无从打捞
为你唱响的一阕离歌
激不起半点回声
不甘顺应一片黑夜的欺凌
踏上来时径
独自逆风行走
点燃一支匆忙购进的低价烟
灼退汩汩往外冒的夜寒
舞动双臂
划动满脑子虚拟的月光
为自己壮胆
挺进在孤独坚贞的小路上
不做矢车菊拥偎的绮梦
心只默念
茅檐低矮处
被风雨反复击打的
一树梅香

冷，也是生活的一种理由

孤阴不生，独阳不长
阴阳鱼不知疲倦地轮回
世态反复上演
炎凉的变脸艺术
沧桑，在山陵与川谷之间
一条铁律，横亘古今
相生相克未完待续
岁月的烙印，无非源自
阳光与阴影
正反两极激撞而出的火花
正因为此，我敢肯定地
与世界辩难
冷，也是生活的一种理由
生命如同美酒
火的炽烈
必须包融于
水的寒凉

新闻背景：

一位小康家庭的上海女网友，跟江西男友回农村，交通不方便一路颠簸，但见到男友第一顿饭就后悔了，决定和男友分手并立即回上海。年关时节闹得沸沸扬扬的这则新闻，近日虽有人辟谣，说这是一则假新闻，但重物质、轻精神的择偶观在当下的泛滥却是不争的事实，因此令我对这则新闻宁信其有，以男友口吻，感而赋诗一首：

姑娘，请听我说

你说你钟情我这口小池
明镜似的水面
天光云影的炫丽组合
让你情不自禁走近我
可是，姑娘请听我说
我不是盛蒸馏水的铝锅
水底积淀的淤泥
才让我活得如此真实

你说你看中我这辆小车
是因为我的动力蓬勃
我十分愿意执子之手
与你同车之死靡它
可是，姑娘请听我说
我不是飞机可以在天上飞

我只能在大地上
刻下我勤勉的车辙

你说喜欢我满树的花朵
感动着我不断茂盛壮实
我已准备摘下最美的一朵
佩向你青春的发梢
可是，姑娘请听我说
我的花朵不是纸扎塑料做的
你不能逼我为了一己的明艳
刨去连着乡土亲情的根窠

2016.2.13

世界，请多给我们留点念想

自从美丽的神话
被探月的脚步踏得粉碎
人世间就再也长不出
这样的葱郁诗篇：
青女素娥俱耐冷
月中霜里斗婵娟

自从老人跌倒扶不扶成为问题后
中国便不得不集体装嫩
生怕人一老去
就被说成
坏人变老了

宁可坐在宝马车内哭
也不坐在自行车上笑
当这样的语言
成为热门的处世格言
谁还指望世上纯真爱情：
公主爱上乞儿
王子喜欢灰姑娘

贫不失志的小伙子
还敢自称绩优股吗
一顿饭就可以吓退
你钟情的女友
一天不到的时间
就可以剥夺尽
你所有的自尊

世界，请别让我的念想
一丝不挂体面全无
让天继续坚持蔚蓝
让水恢复曾经的清纯
让灵魂少一些负累
让我一味往好处想的痴情
不被讥嘲为傻气天真

2016.2.16

速度与激情

绿色和花团锦簇的记忆
被冬天库存得太久
春天，再也憋不住了
趁着晴好的日子
将美的每一个细节
都晾晒在广袤的大地上
现代的读者
不再在乎洛阳纸贵
越过笔与纸的栅栏
他们直接扑进春天的腹地
将美与爱满满捧在怀中
通往春天的路上
到处都是兴冲冲急匆匆的身影
一日看尽长安花
不再属于夸张的修辞
而今，激情泛滥开来
完全可以将花海淹没

2016.2.21

临　镜

都有这个习惯吧，你、我、他
每天，出门前，不把镜中的自己
核查一番，不敢出门
我们头面整洁，坦然前行
以为于市容市貌无碍
却发现，彼此身上
积存着越来越厚的市井积垢
专照灵魂污洁的明镜，书卷
在中国的手中丢失已久
俗气和戾气到处弥漫
成为另一种雾霾

清·轻

下垂的小腹，不断埋怨
对面的肥臀：咋这么死沉
一屁股就拖累我
坐碎三四个钟头
于是臀部逼迫双腿
不断划进清浅的风里
迈开腿，趁春色正好
在咕咚软件的声声加油中
杨柳越来越招摇，而你
腿脚日渐加长，五公里行程
终点处，鞋不再怂恿脚折返
且行且走，更行更远
流光一路莺莺燕燕红红翠翠
催化日久生力
你泛涌的汗雨心潮
将身轻似燕的古老典故
写实主义进
崭新的绿道和公园之中

这 一 夜

当年纪肥硕起来
睡眠便瘦弱下去
我发明了一种方法
晚上八点半开步
走上六公里
将黑夜走短走乏
梦境便会坚实长远起来
夜练的人越来越多了
在史上最牛的年代里
谁不想拥有更强壮的腿脚
好紧紧追上
越来越动人的光景
你看春水都高高地
拱起身子，在阅历春色之后
又满载一川憧憬
急急地扑向
绿阴迷人的夏天

验

晚上理了个发，二十元
没有零钱，我递上
一张一百。店主
把大钞举过头顶
上看下看左摸右摸
我感觉自己，被人
捏—在—手—心
验—明—真—假
找回来八十元
却总找不回
丢失已久的
信
任

裂·伤

诚信，厚道
双面，皮实的鞘
几千年来
紧紧保险住
我们民族
人性的刃

一放开
就太放开
鞘，被撕裂
扔开
只剩欲念
赤裸地锋利

生活，从此
无所顾忌
伤痕累累

村边，萤火虫再也找不到夜的黑

风筝，断了线
找不到回家的路
船儿，丢了桨
捞不起水里的魂
墨汁干涸了
毛笔，在纸上
跳不起风过留影的舞蹈
稠密的灯光
漂白了乡村的夜色
萤火虫，在村边
再也找不到夜的黑
他们的灯盏次第熄灭
乡愁里的童话日渐消殒

2016.3.2

燕　子

当江南的城乡
集体洁癖成性
乡土的气息
便再也不敢
在街巷游弋
屋梁硕大光滑起来
冷硬却一再加剧
燕子小小的泥窝
找不到地方
安放古朴的心愿
无奈，离群索居的燕子
收起燕梭
抛撇下风纬雨经
任其在高屋华堂间
散丝乱线
杨柳在河边
听腻了霓虹蛊惑的嘶吼
它的竖琴
离了燕翼的弹拨
成了寂寞空弦
江南，依然描画在
水云之间
唐诗宋词编成
水乡的精美册页
一旦燕子不来插图
江南的气韵
怎能不立时消减

2016.3.3

毒雨，让地球开始变坏

地球妖娆成花房
南北两极的冰川集体变节
天空不断化脓，感染大地
已经烂了一个冬天
又霉了这个春季
池塘边，几株碧桃
实在坚持不住，掉光了头发
就要栽进沤满脓汁的池子
今天立夏，上半截泡在水里
下午四点，雨止转晴
久病的心情，指望夏天痊愈
入夜，夜色又掺和毒雨
涂抹世界。我举起伞作盾牌
竭力抵挡疯狂的雨箭
一路上，小心翼翼地探脚
生怕变坏了的地球
溃烂我如临深渊的脚步

2016.5.6

我已习惯用双脚挣脱轮盘

说是为赶上班，其实更多是虚荣
六年之前，在赶潮人的行列里
我用四个轮盘驮回
小城越来越难容纳的车速
无数的车轮，数不清的奔突冲杀
时间伤痕累累，被惹翻的时间
开始迁怒于空间，时空互相指责吵骂
搅起满天烟尘雾霾，口罩
作为权宜之计成为一种流行
更多的人，拿从前做掩体
躲在记忆和怀念之中
一往情深地说从前慢从前好
终于有人想起，自己的双脚
就是最好的药棉，车轮压榨速度
速度强暴大地的城市之中
一双两双三四双一群两群一群群
懂得挣脱轮盘甘愿作疗伤药棉的脚们
那成片的雨后长出的蘑菇般的脚们
以前所未有的负疚和坦荡
纷纷走入阳光，也不躲避阴影
当我的脚步开始跟上脚的先行者们
当与越来越多的挣脱轮盘的脚步

一起轻轻敲打地球疲累已久的腰背
生活的面容开始舒展
我们在一次又一次的天足运动中
找到了一块又一块干净的面巾
洗啊洗擦啊擦，我们竟渐渐认出了
现在常常怀念的年代
那种温蔼清雅的模样

一棵树的秘密，被一只鸟出卖

一棵树，一棵五十岁的树，忠厚地
在木讷的地球表层站了大半辈子
他的杈桠永远是迎迓的手臂
从不分辨，只是接纳
不管你是留鸟，还是候鸟
就像一片温润的海，把飘近的千帆
都认作自己的知己
这年春天，一只候鸟误跌误撞进
这棵树。硕大的树冠丰满的乳房
乳汁的丰沛，给她养精蓄锐，让她
羽毛丰满。秋风，酿熟了果
也催逼候鸟迁徙。羽毛已丰的这只
候鸟，已将那片绿阴占成了
熟门熟路的老屋。当恋栈的情愫与
秋风的催逼水火相拼，鸟一口咬定
是树的怂恿，让秋风变得如此冷硬
鸟啄下树无意中长出的那些
不完美的果，向蓝天告发
说这些，都是不可饶恕的罪错
轻信的云将偶然听到的谣传
当作特大新闻，向各个天宇流布
宽厚的大地也急了，催促树

把枝头所有的叶片，都写上
辟谣的文字。树却说
不必了吧，树可以离开鸟
鸟却不能没有树

8月6日，我这一天

2016年8月6日上午到横店国防科技园，为即将走上工作岗位的、在此集训的二十多位高中新教师作讲座，下午为东阳中学新高一实验班上课，晚上入缘恩堂禅意生活馆听诗词吟诵讲座。

——小序

上午，我是一匹马
摸爬滚打许多年
汗水泪雨心潮一再淬砺
年资已深的四蹄
终于认识了一些山高水低
此日山中，一群
初出厩棚的小马驹
正对着山间的路道出神
领他们上路
让年轻的脚步
不会迷惧前方的云雾

下午，我是一名导游
旗帜一抖，陪伴
一群稚气未脱的学子
经由沁园春
登上橘子洲
与三十二岁的毛润之
作一番隔空对话
携水击三千里豪游余勇

又沉潜到战国
古老的叮咛之中
锲而不舍，金石可镂
听荀子劝学，让书声
在中国的唇吻之间
永远珠玑滴沥

夜色中，我是一条鱼
一条虔诚寻求
古典皈依的鱼
当诗词吟哦的乐音
河一样铺展开来
什么叫如鱼得水
今晚是最好的注脚
如何让夜晚的梦境
睡莲一样安宁
风月无边的诗声琴韵
是灵台点燃的清心妙香

2016.8.6

8 月 10 日，日短情深

2016 年 8 月 10 日，上午 8 至 11 点在横店国防科技园为 23 位高中新教师点评教案。中午 12 点半，为学校新高一两个实验班上课。下午 2 点半，赴市行政中心二楼中型会议室参加人才新政培训会。晚饭后正满身油汗为第二天接 80 岁老娘入城小住整理房间，恩师许岳忠先生专程为犬子入杭州高校就读登门道贺。送罢恩师，整理好房间，8 点赴老包之约，到老同学申屠家临江茶楼品茗闲聊至深夜 11 点。

——小序

你说长夏永昼如茧抽丝似溪绵长
我说 8 月 10 日立秋刚过忽觉日短情长
美酒倾情发现杯盏太浅
那么多深情辐凑在这一天
把 8 月 10 日撑得肚鼓腰圆

上午 3 个小时骄阳下 23 丘田地在望
我以农夫的勤勉把汗珠摔成八瓣
生怕有禾苗感应不到汗水落地的音响
我匍匐成沟渠让流水沿着根系的方向
一路穿行一路将情意流布四野八方

中午的小睡是手机的快捷充电
保持充足的流量
再加永不枯竭的电能

当我出现在学子面前
应该是一面常看常新的荧屏

下午以拔尖人才身份进入会场
仿佛进入一座森林茂林修竹弥望
我是否属于最为低矮的那一棵
抬起头总感觉有一片蓝天
日月深情的瞩望始终在紧盯着我

当夜色如黑泥一样铺展
80 岁老母的面容如荷花一样
鲜明浮现而出
不能总以忙为遁词了
子欲养而亲不待，明天
决计将老娘接进城小住
为便利母亲老迈的腰腿
今晚我在一楼
挖掘出足够大的空间
以安顿母亲光临

7 点半门铃响起
母亲的慈容淡出迎来恩师的身影

贫瘠的土地上长出的一棵小苗
阳光雨露一样的岳忠先生
催化我成树的意象走进生活的诗句
许师厚爱延展为路
惠及我儿成长的脚步
当杭城高校向我儿张开双臂
许师的贺忱热烈地进我家门

恩师总是怕打扰我，小坐便走
于是我把老包搁浅的邀约打捞起
作为指针直指老同学申屠家
临江茶楼全然申屠私人订制
老包二胡早已在座茶过三巡
老同学相聚话题总是
一口永不干涸的老井
汩汩渗涌比功夫茶更愿花工夫
眨眼便到深夜 11 点
兀自意犹未尽情浓切切

2016.8.11

路

一头绾住年迈的山
一头牵引鲜嫩的水
始终坚持泥土的缄默
任车来人往河一样流淌
一条路再努力
都不能抵达
春秋鼎盛志得意满
有一种命运
必须低调到尘埃里去
直起身伸个懒腰
都是致命的诱惑

2016.10.11

书生依林，我的博客

2007年春天
开始成为一名农夫
一夜之间，
拥有万顷原野
任我躬耕垄亩
随心播撒五谷
从此，摔落的每一瓣汗水
都可得到土地的回应
挥走的每一轮斜阳
都可栽进自己的田地
长成晨曦中崭新的希冀

2007年春天
开始成为一员骑士
天苍苍野茫茫
风吹草低显现的
都是我仗剑呵护的牛羊
在那遥远的地方
有着数不清的好姑娘
牧鞭招摇的歌声
随时可以飘进我
敦厚结实的毡房

西部牛仔递过的烧刀子
酒箭刹那横掠万水千山
淬砺我江南
绵软温细的甜喉

2007年春天
开始成为一位岛主
据小岛而拥大海
环岛皆为津渡
迎送八方风雅
吐纳四季潮涌
书生依林
一介书生
于小岛依林而居
海涛笑靥如花
小舟轻胜马
江海任我行

2007.3.17

露天电影

电影，回到露天来了
可我，再也回不去那个年代
时间多得可以沤肥
天幕下人声热闹得像群鸡鸭
人们扎堆伸长脖子
急切地关心他人的荣辱冷暖
今晚 9 点，我路过露天电影
银幕中的人物
比底下的观众要多
三四粒观影者
两三颗搁在
电动车、三轮车上
随时要走
钉在地上最铁的那枚
是白花花的头发
在电影情节边上
走着许多匆匆的脚步
时下，人们都在生活中
抢着主角的戏份
露天中悬挂的别人的故事
已当成可有可无的画

醒与醉

晨光入房
睡处如莲花绽放
在花心处清醒
枕边泄露
睡梦中流淌的芳香
自从让
阳光雨露的酵母
清风明月的水流
聚合在
夜这个黝黑的坛子
酝酿而出的
就不再是
心悸的梦魇
失眠的苦酸

蜕

那天贪看了林隐君的茅台组诗
突然有中酒的感觉
我的诗病了
空调房的凉爽
久久不能冷却
紧贴枕席焦灼的灵魂
为了思想的深度
诗神夜夜失眠

此刻，经过几天雨水的冲刷
正午，阳光的脸色已开始清明
而我，依然被往事拽在床上
那些浅俗庸鄙的旧作
硌得我上下求索的渴望
辗转反侧
请恕我暂时无力起来
我还要再睡点下午

我想把床睡成砺石
将精神的刀剑细细打磨
等下一场雷声
擂响战鼓
我将一骨碌翻身而起
用新发于硎的利器
缔造一个
完全属于自己的江湖

对微信投票说不

曾经那样迷恋你
就像陶醉于初春
临水照影娇艳夺目的
东风第一枝

花儿开得汹涌如潮
闹猛得让人怀疑
含苞孕育的真实
转眼间身前身后
挨挨挤挤芊芊莽莽
都是烈火烹油鲜花着锦
定睛细看弥望的绢花
早已挤占了人心
朴实温馨的画面

时间被染色
空气中飘满
香精浓郁的味道
情爱的牵缠
让时光日显忙乱
我开始狠心删夷
生活中的枝枝蔓蔓

返程组诗四首

其一：飞机晚点

一声晚点
想飞的心
立时折翅
退，无从
进，无法
天空极其辽阔
中国的航线
太过逼仄
从兰州到杭州
原来说好的
秋日阳光
被粗暴地刷成
夜幕

其二：耐心

中午 12 点半的飞机
竟晚点成下午 5 点
时间，慢条斯理
织就一枚困我之茧
我就用蛹的沉静
与之抗衡

总会等到那一刻
茧破
蝶化

其三：门口

人已在杭州了
离东阳一步之遥
这临门的一脚
就是迟迟迈不进去
不是大雨袭击
就是购票背时
数小时轻掷车站
无聊之时最宜写诗
上车虽晚，诗却早产
看人来人往
我独自彷徨

其四：回家

一眨眼五天
在兰州与杭州之间
吞吐晨昏
左一脚黄河
右一脚钱塘
一劈腿就是
半个中国

俗世因缘

忘记了是什么时候出发
你我也没有相约，要去哪里
你有你的捷径，我走我的陡坡
不期而遇，是在这场秋风中
你喜欢像叶子，轻舞飞扬
我一直厚道，似果实缄默不语
各有因缘，谁也不必羡慕谁
我们都在走着，世界就会
少些荒芜，多点生机

2016.10.26

长　征

挣脱狂犬一波又一波狺狺的声浪
黎明岸边，鸟鸣的喧阗
如出水芙蓉，格外撼人心旌
不忍回首，却频频回头
在仇恨的怒火燃过之后
竟也心生感念
感念曾经的夜气如磐
那黑暗的砥石
磨砺出世界上
最红亮的思想
那些在枪林弹雨
雪山草地中
倒下的身躯
都是一棵棵
饱饮了阳光雨露的
参天大树
被时光深埋之后
都成了盗火者
神圣的煤炭

2016.10.27

暑期·懒觉

历经一波又一波
日以继夜的繁忙
终于走到暑假
这条休闲地带
我开始拥有一种权力
将上班的催魂铃
彻底驱逐出境
一个多月松软的时间
足以喂饱我
长期歉收的睡眠
哪怕日上三竿
我依然可以
将所有的神经末梢
任性地摊在床上
爱晾多久有多久

观 星

有星星的夜晚
眼光就把夜空
反复摩挲
全人类的思想
叠加起来的触须
一再探扪星宇
这颗星星，搁不住温暖
那颗星星，长不出绿意
四顾茫茫八面死寂
老迈的地球
找不到一个
可以捎来一句问候的邻居
我们只有抱紧
身旁的兄弟姐妹
相互取暖
争斗厮杀却在不断蔓延
冷酷或者惨烈
将在宇宙
堆起一座
以人类命名的坟茔

2015.6.20

对一位诗人的回敬

我如果爱你——
绝不像攀援的凌霄花
借你的高枝炫耀自己

——舒婷

那一天，你用诗笔
无情地在我的头上一戳
我便跌进贬义词的草丛中
被蔑视成攀龙附凤的一族
任我一再地努力向上
都换不回世间赞赏的目光
其实我与你一样蛮拼的啊
只不过，你走的是横向的路
我行的是纵向的道
你走过，道路被踩死在脚下
你的脚步，却被誉为坚实的印记
我行经之处，矮墙焕发生机
老树着上新花
我一路高举美和爱的旗帜
一路串联喜与乐的小喇叭
高歌我无邪天真的心情
将蔑视与误解沤成养料

气根，描画我前行的脚步
踏石有痕绝不虚浮
我善于借力，智慧灌注
隔空架桥的锐意奋发
时刻不敢忘记
提升自己生命的高度
自信来日必将抵达
火红灿烂的愿景

2015.5.30

连　锁

无穷的远方，无数的人们，都和我有关。

——鲁迅

任是“东方之星”这棵大树
也扛不住长江上的恶劣天气
以及人性轻慢蛀虫的啃啮
訇然灭顶的巨响
震落了数以百计的生命之花
长江上狰狞的浪头
影响不了我家庭院中
满园鲜花的正常开放
我们品着小酒看着新闻
偶尔为死亡报表数字的上升
发几声唏嘘
我们只顾攥紧身旁
平安喜乐的日子
短视的目光
培养出浅俗的尘世欢乐
远方和未来，常常搁浅在
我们的思想疆域之外
于是，一旦远方和未来合谋
谋杀我们的幸福
我们总是措手不及

2015.6.9

不愿做死寂的泥土的泥土

——观电影《我的诗篇》志感

他们从泥土中来
却不愿做死寂的泥土
这样的泥土
注定要变成一种酵母
酝酿生命的倔强
斟酌生活的诗情
地表上匍匐得累了倦了
有的泥土改换一种姿势
像雨点一样决绝坠落
把自己交给流水
托付大海去铭记
曾经有过的一段
屈辱和抗争
有的泥土喜欢和风做伴
梦想系住诗和远方
一路漂泊的蒲公英
领略人间精彩
更体验命运无奈
有的泥土敢于
让人挖穿心肺

掏出蛰伏已久的地火
有的泥土索性
把炸药埋进
自己积郁成疾的土层
炸裂开来
吼成气冲云天的秦腔
有的泥土不怨天尤人
让自己静静地
怀抱种子开出花来
让美与爱证明
卑微如泥土
也可以盛放高贵
当这些不愿做
死寂的泥土的泥土
汇聚在一起
关于息壤的古老神话
便开始复活
无穷的远方和无数的人
把神话口口相传为
一句又一句
淬过火的诗句

2016.12.11

诗·人

云，关注了水
水的眼神不复空洞
鸟，关注了树
树的歌喉不再喑哑

人，关注了诗
便是火关注了引线
精神日渐灰暗的天宇
诗心，焰火灼照其间

2015.5.30

高调·低调

低调低调低调
空气中，总是布满
这样的魔咒，密密匝匝
以致，明明是一棵树
却不敢理直气壮
睥睨群伦，傲视苍穹
原本要怒放的一团花
也不得不，萎缩成
一棵不起眼的草
有一只鸟，它不管不顾
只是任性地飞，向高
攀住高压线，立定
竟成为五线谱中
最高亢的一枚音符

2016.7.31

时　钟

当我盯牢时钟的时候
我分明听到
时针　分针　秒针
三把镰刀的霍霍收割声
时钟如屏
播映志士生动的土地
和庸人荒芜的田野
志士的土地
在时钟永不停息的轮回中
因为辛勤播种灌溉护理
而弥漫伟大的疲倦
因为伟大的疲倦
而矗立起成片金黄的稻束
金黄的稻束中
挨挨挤挤颗粒饱满的欢笑
和着时光之镰的挥动
爽朗有声
时钟的节奏
是庸人永远的魔咒
背负因袭怠惰的十字架
蹒跚在人生的原野之中
除了收获自己
枯瘠瘦弱的影子
庸人　一无长物

2008.6.28

忘掉年纪

年永远是新的
所以年纪不愿是老的
你我相见除了握手只说你好
如果愿意那就左酒右诗
诗万首酒千钟
不问年龄从而忘掉年纪
像一株草那样
没心没肺随风赋形
从不理会绿过几度枯过几回
如一棵常绿乔木那样站着
不露声色人间年寿几何
不笑不答顾自翠色青青
是岸，就潇洒地送河东去
是山，吞日吐月习惯气沉丹田

南山下，南亩中

真想脱下沉重的盔甲
自由地走出江湖
迈出陶渊明那样轻快的脚步
越陌度阡，到南山下
开垦悠闲的南亩
挥锄，如挥毫；洒汗，似泼墨
把大化铺成宣纸
抒写真心笑容，回到人之初
没有人为的支使
想种什么，土地就接纳什么
田野上的作息时间
不构成威严的制度
南亩中的进退
全在一念之兴的明灭
有足够的余闲
把魏晋风度，慢慢培植
长成一棵棵唐诗宋词
在清平乐的微风里
在静夜思的月色下
在齐天乐的阳光中
将日子调成一杯杯鸡尾酒
与二三知己，慢慢品味

大寒夜，如此温暖

2017 年 1 月 21 日夜
大寒节气的第二个晚上
东阳，一群男女老少
烤着诗与歌乐和舞取暖
风无奈地在门外偷望
红对联红灯笼
红红火火的光
把一双双眼眸
辉映得亮亮堂堂
一颗颗心一团团情
围拥在一起
把冬夜捂出春的气象
一种电流从此夜发出
东阳的四季
白日里雅韵的歌吟
将标配上扩音器
而夜色中
将亮起更多
诗情的灯盏

腊月来人，鲜花入怀

自从那年接过那本红本本
就再没有爽过约
总是在年味渐浓的时日
让鲜花拥满我怀
屋子里点亮了那么多
又香又亮又媚的灯盏
辞旧就更多几分缱绻
而迎新就像打开
所有的门窗
阳光排闼而入
照进每一个梦想

我走在明亮和温暖之中

将一天的疲累
揣进电脑包，锁上拉链
让明天，去再度开启
晚上九点，彻底找回自己
带上影子，出发
投身东阳江滨
绵长的霓虹灯影
徒步夜行半小时，每晚一次
身与心的检修调整
双脚作桨，划动一汪又一汪
璀璨灯光。树色灯火波光
杂拌多味的夜宵
让视线再不饿腹而眠
夜夜，穿行在明亮和温暖之中
沐浴一身宁谧芳馨
好梦，因此常常相拥而眠

在这“世间”

——参加东阳市“世间”读书会有感

多么美好，在这世间
夜色那么柔美
夏风偶尔来串门
也是那么轻悠娴静
阅读听讲品茗
每一张脸
都像鲜花一样纯净
每一颗心
都似水晶一样透明
每一声问讯讲解
都如溪水
包容青荇一样坦诚
如果那世间
都如这世间
我不相信
这世界会有
那么多的
钩心斗角
那么多的
罪恶战争

2017.5.28

趴在乱石堆中好舒服

被城市雕琢了多年
一直没有忘记山里的出处
博古架上正襟危坐
荣耀一次又一次叠加
再也不敢有乱石的峥嵘
顽石的恣意
感谢那一次走穴
我开成了小差
扑入乱石怀中
全是兄弟姐妹
久违的泥土气青草味
相互枕藉，入夜
看月光轻抚山影
听山泉永远的童音
我的梦天衣无缝

2017.6.8

愤 怒

——读《屈原赋校释》志感

摆脱草的纠缠
愤行成路，兀自向前
远方，有抵达蔚蓝的宽阔宁静

藐视泥的污陷
怒挺为荷，日上日妍
高处，有清风读得懂的风景

不计土的背叛
立罅作松，冲冠问天
孤独，铸就伟岸的执着秉性

清流怒涛，如果与秽浊恶臭
同流合污，势必让山河蒙羞
势如烈火，宣泄一腔悲愤
把时间烤灼得生疼
历史才会多一些反思警醒

原来我可以如此坚强

干风。湿风。明风。暗风
该来的，都来过了
为了坚持到春天
我倔强得快认不出自己
已经舍弃了所有叶子
风和雨合谋
要我自断所有的枝丫
告诉你，来自地狱的喧响
我一不一答一应
我相信阳光的公道
我相信花朵的承诺
我相信土地的不离不弃
选择做一棵树
就要有笔的信念
宣言书，准备向三月打开

2017.1.18

因为爱，所以在

小草懂得雨露的关爱
渺小也能怒放艳丽的花朵
羊羔领会草地的柔情
见风而长壮实的骨骼
飞鸟感恩清风的托举
翼翅挥写都是轻灵的轨迹
地球悦纳阳光的问候
万类就能萌动不朽的传说

因为我们的漠视
炊烟正远离乡村的天空
因为我们的冷落
泥房和板壁间
最中国的古老证据
正在被光阴删削
因为我们的残忍
小溪一度忍心将我们
原本和善清晰的倒影
涂抹得面目狰狞
因为我们的轻狂
在破“四旧”的喧嚣中
榔头的灭绝
烈火的毒舌
使除夕清明之期

我们一度找不回自己的祖先

度尽劫波我们才明白
爱不仅要向前走
还要时时回眸关注
曾经陪伴我们祖先
曾经慰藉护佑我们
那一切有形和无形的
万事万物

因为爱，所以在
爱着方言，护着方言
我们才可以永远拥有
与祖先晤谈的便利
当我们不再用粗暴的双手
而是用温情的目光
摩挲古字老画
高贵的基因就不会
疯狂变异无情中断
珍视老宅的苍颜古貌
我们就能时时亲近
一部部立体的聊斋
当我们真的把青山绿水
当作金山银山一样眷顾
清风明月就永远会像母亲
时时把我们来照拂

小　草

曾经有过树的梦
一度觉得
自己的根芽
与周边的根芽
一样柔荑
高空的距离
一天天参差
终于明白一种宿命
自己的名字铁定叫小草
而他们拥有的美名
是伟岸的树
放弃徒劳的仰视
学会审视身旁
柔情而残酷的土地

认清了认清了
有些手，习惯抚爱
有些手，喜欢折损
正如有些脚长于亲近
有些脚偏好践踏
多年的阅历，褪尽
怨天尤人顾影自怜
修炼出一种惯性
匍匐之后要站起来
春天一来，忍不住
满心欢喜，捧出的
总是一汪又一汪新绿

2017 年 3 月 12 日初稿
3 月 19 日改定

名　节

——题东阳市湖溪镇马上桥花厅

从樟木之中，提炼精魂
雕成艺术，足以让岁月
久久玩味不厌
几百年，时光一再淘洗
清朝的牛腿雀替
依然活泛，金子的高贵
我看得见，当年
那位雕花工匠
手中握住的是
一把叫名节的刻刀
从前慢从前雅
这样赞叹我们的先人
会不会是一种隔靴搔痒
把名节看得天一般大
这应该才是锻铸
中华古典厚重典雅
唯一的祖传心法
当一切格律，都被
当成束缚心性的枷锁
弃之，如敝屣

我们所能炮制的
多半都是松散肤浅的诗歌
名节的牌匾，都被
轻佻的手臂
从华堂之上摘下，摔烂
艺术，便常常膨胀成一堆
经肥皂水渲染的浮沤

注：

东阳市湖溪镇马上桥花厅，建于清朝嘉庆二十五年（1820），落成于清朝道光十年（1830）。道光十九年（1839）增建第四进后堂。坐北朝南，共四进，由门楼、照壁、正厅和两进后堂组成，左右为厢楼。正厅面阔三间，通面宽11.6米，通进深8.2米。九架前轩后双步。明间抬梁式，次间穿斗式。硬山顶。扇形雀替饰花草、山水和楼阁。牛腿镂空饰神仙故事。鼓形刻花柱础。厢楼有前后贯通的长廊连接，且与主建筑相沟通。雕梁画栋，富装饰性，系传统民居与东阳木雕艺术结合的典型代表。

彩　虹

一根鸡毛飞上天
天上有神仙
神仙放个屁
鸡毛落下地
在喜欢抬头看天的年月
彩虹永远拱身作桥
让童谣一次又一次攀爬
没有找到神仙
自己却成为幸福和传说
当彩虹被人类俘获
并驯化为彩屏
从此儿童们就沉醉于
低头盯死掌上世界
日月星辰雨雪风霓
淡化出视线
神话开始萎谢
童心纷纷早熟
彩虹的眉眼再明媚
也勾不起童声
对于自然的歌吟

为何你常在网上撞到我

就为了让你看到
屋檐下极不起眼的一滴水
如何挣脱牵缠
找到小溪汇入大河
于是四季兴波涌浪
于是一路风风火火

只是想让你见证
五十多年的撑持
一棵树不愿老去的执拗
总在分枝散叶
还想春来着花
人家看来从没长大
自己觉得永在成长

不想让天空寂寞
所以像鸟天天逐云放歌
不想让大地无聊
所以时常用脚步
敲出些平平仄仄
不想让人群冷漠
所以喜欢撩拨你的热血
让它永远热烈蓬勃

2017.6.15

网络上，那只翻云覆雨手

动物依然凶猛
阳光更加灿烂
无孔不入无坚不摧
越长越大的这只手
翻手为云覆手为雨
盛况空前真幻莫定
昨天的水变油科学奇迹
今天的大骗局大揭秘
前晌还是头上光环
后晌便是勒颈枷锁
一分钟前让你笑靥如花
一分钟后令人愁深似海

罗刹女的芭蕉扇重出江湖
灵魂纷纷飘飞
不知花落何处
灵吉菩萨的定风丹
已被孙行者吞服
失去定力的身影
误打误撞进盘丝洞
必然随波逐流
与八戒一道痴痴傻傻
共跳一曲鲶鱼之舞
在魔怔与喧嚣间久久迷误
怀疑一切
大胡子卡尔的四字真言
往往能够喝令
真相现形

2016.9.3

晚　餐

想象能使平凡的日子变得伟大，甚至化腐朽为神奇。

——爱默生

面条、粉干、泡饭
老三样的晚餐
生活的表情包
陈陈相因
味蕾严重萎缩
像干涸的田地
渴求水源
餐桌的脸面
不想贫血
于是举起
南马肉饼
就着上卢馄饨
品咂完一轮夕阳
下班路上
视线开始恋上
道旁的美味
像今天
艺海路边的
嵊州小吃
金黄的蛋饼上

依偎着几只
油亮的烤饺
一动心就拎回
一个喷香的黄昏
循规蹈矩的
居家素朴里
一次稍带奢侈的
小小出轨
是否便会
满眼活色生香

2016.8.30

跟自己玩

叔本华名言：

1. 要么庸俗，要么孤独。

2. 没有相当程度的孤独是不可能有内心的平和的。

3. 人性一个最特别的弱点就是：在意别人如何看待自己。

草，说你呢
总改不了
喜欢扎堆的毛病
所以永远是一种小
看看人家树
离开热闹的群
照样站得有型有款
如此才成就他的高
花，爱群居，亦善独处
孤独风中，寂寞雨时
始终执着一念
风来分香，雨定焕媚
正因为此
除了粗鄙的心
谁人不爱花的娇
山，连起手来

是绵延的广祟
即便离群索居
也是高贵的头颅
绝不与卑微浅俗
降格苟处
人，面对千夫所指
只要血的殷红不褪
跟自己结成生死同盟
在形影相吊的山隅水涘
依然能够自己跟自己
玩出大志趣高境界
别有用心的人
纠集得再多
终究也玩不过他

2017.7.2

佛殿真言

从小的无神论淘洗
历劫犹存的顽石
香烟缭绕之中
心依然无法生软归化
禅院辉煌梵诵盈耳
一切我作如是观：
此亦一风景而已
戾气到处弥漫的大街
刚走出来的众生
殿中佛前匍匐的身形
其中的虔诚礼敬
我只能冷眼狐疑
正如一条污浊的河中
游出的鱼
让人不能不审视
内里是否还能洗刷干净
只有墙外的人声
开始变得悦耳
墙内的晨钟暮鼓
才可荡涤尘俗之心

2017.7.11

梦中的桃花岛

我不是黄蓉
我不会武功
所以我一直不敢
动用一片帆
劳烦一阵风
让心中的桃花岛
始终安卧在
丝丝缕缕都
编织着敬畏的梦中
现在到了这样的时代
喜欢将一切梦
彻底抽丝剥茧
马达轰鸣海风猎猎
像一枚风筝被线扯起
任由风吹送
又被一丛树牵缠
我一头扑进射雕城
此处盛产拍摄积木
严重歉收桃花
湖拙劣抄袭着海
能挽得住
东邪的狂狷桀骜吗
路铺满一地水泥
留得下黄蓉
精灵古怪的
衣香鬓影吗
有些梦像鲜花
书丛枕畔
是她最宜栖居的沃土

2017.7.12

斫

前所未有的劫难
让心史无前例地冷硬
跟了我十四年
青葱秀美了一整条街
我的小叶冬青们
与其让你们
在烈日的煎熬下
一只手一只脚
慢慢地干枯死去
索性让我在日出前
斫下你们还算完整的剪影
谱入我的家史
人类攻城略地时
都需要有马前卒
用血肉之躯
铺平总攻之路
植物界也非风平浪静
为了让清凉和水汽
更加集中地
围护那些胡柚
葡萄和枸骨们
我只好让你们
去杀开一条血路
以便让其余花草树木
安全抵达清秋之门

2017.7.24

那满目的残花弃盆

热浪一波又一波袭击后
办公室便人去楼空
长长的暑假
留守桌上书刊的
只有娇小的
碧玉绿萝们
溽暑天天伸着吸管
贪婪地吮吸完花盆水汽
绿植们开始将
体内汁液化为盾牌
抵御酷热
任是舞动众多
纤弱的手臂
也拼不成
SOS 的求救信号

耷拉下所有脑袋
也无人招安
当我被一种严命
唤回校园
从空调房中
拔地而起
推开办公室大门
那满目的残花弃盆
如一群濒临溺毙的孩子
分身乏术
我救得一个是一个
我家庭院
开始荫庇
花花世界中
失恃失怙的孤儿

2016.9.1

牵着夕阳赶路

城市的峭壁太高太滑
从半空坠落，夕阳红肿着脸
暮色牵着夕阳赶路
到青山绿水处疗伤
枕着白墙黑瓦和缓温婉的脊背
夕阳沉沉睡去，一觉醒来
夕阳被尊为朝日
群山成浴火的凤凰
展翅托举一轮朝阳
呈现一阕崭新的序曲

公用自行车

当速度不被骄纵
城市不再是座
猛恶林子
动物们便收起凶相
那些绿色的爬行动物
小巧乖觉，天天
温顺地候在
大街小巷的路口
一骗腿上去，就是
舒心畅怀的上佳坐骑
大街旁宽裕的绿道

清风是最好的伴侣
小巷中狭小的秘密
任你什袭珍藏
踩动一路的乾坤圈
兜走所有街巷传奇
当越来越多的腿脚
因骑行而成好友
眼睛们，因为
安全系数增大
就忍不住多看看天
天好像比以前更蓝了
而云，一朵朵都出脱得
那么白白嫩嫩

2016.9.5

摩拜单车

马匹大举入城
没有尘沙扑面
连粮草也
一点不用操心
大街小巷
或跑或驻
那么多的小赤兔
马缰绳都省了
当马儿静立在树边
树们一如既往地轻闲
严寒也罢酷暑也好
马儿一样上路
从不挑挑拣拣
如果天上有雨水
飞流直下三千尺
那一定是李白
惊羡的垂涎

2017.8.4

树化石

不愿卑弱成草
永远让自己
以树的形象
剑的姿势
吞云吐霞
刻镂晨昏

即便大地
背叛了你
你一头栽倒脚下
依然保持
挺直的腰板

罡风地火的淬砺
将你的信念
打磨得更加坚硬

你没有忘记你是剑
所以你才能刺破
亿万年的时间障壁
破土而出
你依然记得你是树
因此你的肌理
尽管遭受了
一次又一次磔刑
却依然清晰鲜明

2014.12.6

我们年轻时的女神们

鲜花虽然多了保鲜术
还是很快一朵一朵蔫去
河水学会了保养自己
所以鲜亮成一汪又一潴
清涟涟的水库
我们年轻时的女神们呢
水灵灵招摇完春夏
莲花一样芬芳的笑靥
别轻易被秋风翻篇
雄性的目光永远不老
那些年的女神们哪
当你从我们眼前走过
请格外留神

2017.8.4

底　线

不是所有的路都可以指责
骨瘦如柴，蛇行蝎步
不是所有的坠落都是太阳
可以涅槃，可以重生
欢笑，不是胭脂
堆叠得再多也修饰不了
彻头彻尾的愁城悲屋
当荒诞和愚乐互相攀比
长江和黄河就毫无禁忌
把水土流失比赛得难分伯仲
高速公路上摩托车与自行车
进行着生死时速的较量
朔风在夏天的街巷横冲直撞
而秋叶，纷纷暴尸春天的山谷

2017.8.24

疗

方向转换途中
一直很上心，双翅还是
与流沙碎石发生刮擦
敛翅，疾坠
被这个山谷收容了
为期一周七天
蛰伏，不是就此归隐
而是为了更响亮地复出
只要飞翔的梦没有摔碎
宇宙也会为你发力
阳光不时出手把脉
风轻声细语温柔熨帖
水一路叮咚深情叮咛
还有那些树们
总是列队如旗帜
引领你的视线
朝向山高路远
整个山谷都在编织
一个诊疗的温馨巢穴
花儿一朵递一朵
接力一种讯息
让鸟儿由衷相信
待梳理整齐
最后一根健硕的羽毛
这个发射基地
必将把生机和欢呼
完美弹射到
日月经天的恒常轨道

2017.8.26

戒

面对深蓝色的诱惑
紧急制动，将速度瞬时归零
让顿悟立住脚跟，告诉自己
你是车，不是船

当外头攫取的目光严阵以待
不管风怎么招摇
生生拽住红杏的枝条
墙外，不是你的春天

血的甜和酒的香势不两立
任你觥筹交错美酒荡漾
我只远观不敢亵玩
或干脆视若无睹作老僧入定状

2017.8.27

酒诫

那一个又一个酒杯
不是一路踩踏
练就神功的桩
反倒成为时或磕绊的坑
跌倒过多次才学会走路
迷失过几回才找得到自己
刘伶，只有闭关在
《世说新语》中
才可以修炼出魏晋风度
如果他敢贸然走进
今天的街巷
一定成为人见人嫌的酒疯子
在老虎已经成为
重点保护动物的时代
谁敢一口气
喝下十八碗透瓶香
否则你树立的
永远不会是景阳冈上的威名
酒香扑鼻只能飘曳在
李白苏轼的诗或词中
距离可以把趔趄的脚步
误认作玉树随风起舞弄清影
酒入我等俗肠发酵成气
绝对呵不出其息若兰
反而会熏倒离你最近的
一茬又一茬美和爱

让

你说你不嘶吼不足以显声威
所以选择做狂风
那就让我做谦卑的竹子吧
低下头弯下腰为你让路
只是阳光来临的时候
请原谅我挺胸抬头
用我翠绿的羽翼
去轻抚蔚蓝的天空

你说你抑制不住暴怒
所以你要奔泻成山洪
我还是选择做静默恭守的小池
让你的脚步从我的身上陵轹而过
请原谅在怒涛排壑的汹涌之后
我要努力修复我决裂的伤口
安心守住一方明镜中的天光云影

你说你就是一朵骄傲的花
从来便睥睨卑琐的泥土
是种子都不会忘恩负义
真花有香，你如果执意
做一朵炫耀的塑料花
我还是愿意做一抔黑土
为情真意切的花草
留一处坚持的位置

糗　事

有些事，像陈酿
一启封，透鼻香
而有些事，搁在心底
总怕沉渣泛起
恨不得拿窨井盖
紧紧捂住岁月那条
不堪示人的下水道
秋深了，想系住落叶
岂不是徒劳
人走了，茶自然凉去
生为凡人，在长长的一生中
谁不会有几件
难以启齿的糗事
与其欲盖弥彰
不如学李清照
将一个女子
沉醉不知归路的窘态
吟咏成清词丽句
从而流芳百世
误入藕花深处
惊起一滩鸥鹭

2017.11.14

在无奈和应该之间

一条河，流了千百年
是否就能，流成直肚肠
放胆无忌，畅所欲行
宿命，注定是大海
一路上，该伏低还得伏低
到拐角只能转身

一棵树，生来属落叶乔木
积攒了再多的年轮
也始终摸不着天
春来了，老老实实吐绿
让桃去艳杏去娇
风刀霜剑丛中
除了赤膊上阵独当一面
没有任何退缩和逃避的空间

2017.11.4

冷风，冻结了我的抒情

一些往事，只适合冷冻
我死死捂住密码
不让春风窥见
冬天正好，冷风似铁
我将自己锈成一朵花
紧贴那块铁板
一起盖住前尘
时间，你别破解

厨房之歌

昨天是花菜笋干
今天是茭白土豆
咱百姓的饭桌
唱主角的总是
简单清淡的乡里土气
好在咱东阳不缺火腿腊肉
一添加，居家的小日子
便火红喷香
就像唐诗里老是充盈着
床前或天上的明月光
家道毕竟都殷实多了
兴致一来
咱也有条件
把山珍海味鸡鸭鱼肉
一齐请进厨房

学李白豪情模样
然后大打一折扣
会须一饮三小杯
嘴角刚抹去
久侃不厌的俗语乡谈
咱也操持一番高大上的
四海风云国际展望
小小的厨房
除了排列
贫嘴张大民的幸福生活
也能烹调
最有中国特色的
平头百姓大大的家国情怀

从前雅

从前的人们
叫一个根据地晋冀鲁豫
而不叫山河山河
现在的人们
忘记了京沪穗的雅称
只会说北上广
从前的人们
管到酒店吃饭的人叫食客
管精于美食的人叫美食家
现在的人管爱吃的人叫吃货
从前的人们
不好意思看不雅的字
更难为情写不雅的字
从前的人们
喜欢将不雅的字隐去
从前的人们
登高能赋临流善吟
现在的人只会
成群集队咋咋呼呼
践踏山河
从前的人们
安贫乐道不爱钱
却一个比一个爱着
琴棋书画诗酒花
从前的人们
将日子当珍宝
习惯静静地赏玩
然后慢慢地花

与一场诗会擦肩而过

潇潇时雨
一番洗清秋
多彩中余，花漫冷坞
9 月 5 日，一场诗会
在浦江的花露丛中
如期相约
人在高三执鞭
跋涉于高山丛林
三天的休闲驿站
生生被掐掉一天
急急上路，却是朝向
与诗会背离的方向
于是时间开始分岔

诗友们，当你们
在诗坛上
自由自在地轻歌曼吟
我却在三尺讲台
老气横秋地传经布道
无奈，与一场诗会擦肩而过
一边是浪漫主义的天空
轻舞飞扬
一边是现实主义的地面
匍匐艰行
当我的喉咙
因为题海中挣扎呐喊
而嘶哑冒烟
请你们赶紧送上
花坞秋岗
诗歌的甘泉

长久不见

这一夜我们在灯下聚首
影子亲密地枕藉在一起
道罢长久不见之后
唇吻还是当年一样
你不让我我不让你
从不服软各有主见

月在窗外窥探
清辉漂洗人间悲欢
落叶乔木被风剃光
头顶的最后一片叶子
突然憬悟
春天，已长久不见

2017.12.28

一杈枝，猛然感到果的重

一阵又一阵
金风过后
看那些叶子
越来越轻松
在枝头招摇
一杈枝，在卸落
许多叶的
负累之后
猛然感到果的重
警惕坠落
又时刻担心
果不够甜
色不够红

2017.12.29

重上战场

溃过堤的鲜血
已被崭新的坝勒住
汹涌的力量
又在偾张翻腾
断裂过的骨骼
一一接续复原
如嵌入钢筋的水泥
足以抵御
更为猛烈的践踏击打
厉兵秣马擂鼓扬帆
黄沙百战抑或云海惊涛
风雷自喉间激荡而出
一部新的荡寇志
开始编辑新的册页
声声号角阵阵马蹄
汗雨挥写成象形文字
呐喊声涌作一波波句点
而猎猎长风在为我翻页

2018.1.5

与李白、东坡对饮

夜色如潮，诗友们都踏浪而去，
杯盘的丛林之中，茅台酒的余香，
如飞鸟久久盘旋。
我以沙发为池，涵养醉意。
隐约之间，听得一声清吟
穿枝拂叶，入户而来：
“竹杖芒鞋轻胜马，谁怕？”
人随声至，一长脸飘须老者，
徐徐进门。见桌上茅台，粲然色喜：“长恨此身非我有，
何时忘却营营？
诗酒趁年华，且尽眼前杯。”
来人自斟自饮，滋溜有声，
举瓶凝视，喟然纳闷：
“茅台？闻所未闻。端的好酒，
远胜大宋透瓶香！”
我欠身一揖，恭敬叩问：
“尊驾可是东坡先生？”
其人微眯双眼，颔首作答：“然也。”
我起身上前：“东坡先生夜临寒舍，待晚生为先生续上一
杯。”
东坡先生爽然而笑：
“老夫聊发少年狂，夤夜叨扰，小哥莫怪。”

"东坡居士慢来，待我青莲与君，会须一饮三百杯！"
话音刚落，一人白衣胜雪风神俊朗，
自天花板穿越而下，
抢过桌上酒杯一饮而尽。
"好酒！唯愿当歌对酒时，
月光长照金樽里。
且乐生前一杯酒，何须身后千载名？"
"太白先生，你可知此为何酒？"
我举瓶相向，把茅台徽标朝向李白。
李白星眼大张，绣口一吐："茅台酒？大唐不曾耳闻。"
我朗声劝道："太白先生，茅台酒乃当今中华第一名酒，
太白先生可知当年'痛饮狂歌空度日，飞扬跋扈为谁雄'
的喝法，
难以喝出茅台至味？"
"此话怎讲？"李白大奇。
"容晚辈恭禀：
此酒一开即异香满室，荡香入杯细观其色，
微黄显透明，纯净无沉淀。
对日月之光而观之，则可睹细微酒花沿杯而生，旋归
于灭。
此酒可闻可观更可品，品茅台之法，共有三式：
一为抿、二为咂、三为呵。三式丝丝入扣，浑然一体。
抿者，收敛嘴唇，少量沾取，轻品酒之味香也；
咂者，含酒在嘴，唇吻翕动，激荡；
呵者，小口入喉，呵气闻香也。"

太白先生闻之大乐，
指东坡称“岑夫子”，
点我之鼻唤“丹丘生”：
“岑夫子，丹丘生，
将进酒，杯莫停。
且试三式品茅台。”
引我酒兴遄飞，
给三人各满斟上一杯，
古今三位高阳酒徒，
一同演练品茅台三式。
果然内行品门道，此中出真味。
正当我等三人推杯换盏，
心情如鲜花怒放之际，
忽地半空之中爆一声惊雷：
“贼厮鸟，还俺酒来，
铁牛要请宋江大哥到浔阳楼喝酒！”
一阵黑旋风霎然而至，
两把板斧排头砍来。
忽魂悸以魄动，我一惊而醒，
李白、东坡、黑旋风全倏然而遁，
唯见满桌狼藉的杯盘，
沙发边杂然堆放的几本唐诗宋词，
屋内还在游弋的
是经久不谢的茅台酒香。

一位驾手的出驾宣言

一株大树横躺着疯长
长成一地槎槎枒枒的车道
在分杈蔓延的道路上
瓢虫一样的汽车到处游走
于是城乡之间总有
永远演绎不完的
叫做车祸的故事
当我也终于拥有
四轮驱动的权利
我便走进满地瓢虫的行列
我开始命令自己
以履冰临渊的虔诚
向我的同类发出
一个郑重的出驾宣言
在居家小酌的从容时刻
我可以从一杯小酒中
品咂出生活的有滋有味
在嘉宾云集的欢闹日子
我也曾挥斥
剧饮千杯男儿事的豪情
但自从我手握操纵
喜与悲生与死的命运之钥

我决不会放任酒精的烈焰
去烧灼“醉人驾车易成罪人”的
冷峻而真诚的警示
在城市日显拥挤嘈杂的街道
我的轮子滚动的步履
将努力把谨小慎微的贬义
改写成对一切生命
尊重呵护的温情
在稠人广众的繁华街市
我车中的喇叭
将始终如一地成为一名
忠实憨厚的哑仆
绝不忍惊动任何一行
坦然悠游的脚步
我把斑马线真正当作一匹
临街俏立的斑马
我的爱车必须礼让谦恭
如同一位矜雅自持的绅士
让修养的芬芳
滋润每一束自在从容的视线
在红灯熠熠灼灼的目光之下
我的爱车一定恭敬温顺
像一只趴地小憩的小猫
只让发动机独自呢喃轻吟
当绿灯挥手让我前行

我依然不敢纵容自己的油门
向载欣载奔越街而行的
小狗或者小猫稚嫩而欢跃的心情
发出骇人的轰鸣
当我习惯了给小猫或者小狗让路
我就有足够的信心
说我对于同类
怀有充分的尊重和爱心
当我在高速公路之上
尽情享受现代高科技
凭虚御风的逍遥之游
在快意鲸吞
成百上千的里程的同时
我始终不忘
告诫右脚拿捏好稳健的分寸
绝不让飘飘欲仙的轻狂
淹没“行到熟时是生时”的警训
在我有权掌控方向盘之日
便是将我的小家与千家万户
离合悲欢的感应神经接通之时
因此，小小的我必须肩荷起
永远重如泰山的大大责任

第二辑

感吟物华

大自然物语七首

风

谣言一样的无孔不入
在冷漠的冬季雪上加霜
寒风冷雨里
身子摸索出
衣服增减的指数
风言风语中
心经过一次又一次历练
磨出一层又一层老茧

花

大自然的明眸星眼
如果有一天
你们都不再睁开眼睛
世界也将一瞑不醒

雪

掬你入手
是因为爱
爱你太深
所以捧你在怀
为什么

你却会
流出伤心的泪

月

你总是那么耐看
从初一走到月半
又从月半
走向月末的幕后
燕瘦环肥皆相宜
清癯丰腴　圆润婀娜
轮换上场

雾

窥视的心理
总是怂恿心灵
成为轻狂的鼓风机
当把雾的轻纱
撕掳殆尽
嫦娥与吴刚的诗意
便随风消逝
撩开那层想象的雾
月亮就只剩下

坑洼丑陋的裸体

雨

我是一口干渴的池塘
但也承受不起
源源不断
高剂量涌入的甘霖
无节制的关爱
让我的情感堤坝
分崩溃决
只剩爱恨两茫茫的
无情倾泻

雷

愚昧的乌云下
大地冥顽不灵
是一次又一次思想的雷声
让人类惊颤着站起来
挺立成树一样的清醒

春天组诗四首

其一：探春

阳光，将春天渲染得
美爱无边。作为春天的
一根感应神经
我，一只飞鸟
早已按捺不住羽翼
绿意与明媚夹道
迎候我，闪亮出镜
从一棵树跃向另一棵树
心浪鼓涌，化为
不知疲倦的鸣啭
唱得柳树折腰
桃花笑翻，这是
很自然的事。尤其是
当我搭上一辆
开往春天的长途车
山环水绕，迤逦而走
江南不断变换身姿
让我饱看了江南之春
玲珑的曲线

其二：春天·阳光·玉兰

春天与阳光一拉上手
就一定会牵出一个
极为美丽的日子
玉兰花再也按捺不住
酝酿已久的诗句
每一句唱响
都化作怒放的花儿
蓝天会意地倾听
并誊抄成满天的开心云朵

其三：在桃红李白之间

春天这件衣服，常看常新
每年穿上它，都不能不
雀跃欢奔。春风这把熨斗
总是能够熨平年龄的皱褶
让年过半百的我，突然
觉得自己依旧那么年轻
在桃红李白之间
杨柳，变成了轻盈的牧羊女
将一江春水放牧成沁绿的草原
而江中的浪花，欢跳蹦跶
俨然便是一群群洁白的羊儿

在桃红李白之间
山边的岩石也苏醒了
让一地藤蔓甚至小草
偷偷爬上了他的肩
在这样桃红李白的时节
心情还是古井无波的人啊
我怎能称你为朋友
真朋友一定都爱春天

其四：春情

今春
阳光富得流油
情思分外荡漾
你我都像老农
喜欢围着
饱满的粮囤
转悠
心事开成
一朵又一朵花
脚步踏作
一声又一声
鼓点

春风古樟堂

呼朋引友，共访名家
在烟雨暗千家的周末
携一路桃红李白
串多少雨丝风片
我们将虔诚得滴水的脚印
湿漉漉地拓在
千年古樟蔽庇下的
浙中名村厚实的方砖之上
古渊头村古樟堂
古朴典雅翰墨香
室雅人和
李章安李项鸿父子
文脉一线相牵

当赞叹的目光
反复摩挲了
军旅书画名家李项鸿
的满室珠玑
好奇的视线开始聚焦
八十寿翁李章安
章安先生
年高人慈，春风蔼然

品貌神韵直追黄永玉
晚辈的不情之请

如冒失的雨点
轻叩古井的清静
却引得章安先生
热烈的回应

执翰临砚池
意兴何优哉
笔酣墨饱精神到处
一团中和之气
倾八十年陈酿
如时雨润花
让幸福的宣纸感念
捧出一硕大的“慈”字
作为感铭的钤记
当我们执“慈”在手
分明是掬一缕
温煦的春风入怀
涤荡心底的尘垢

2013.4.3

找一片春天落脚

春蚕吐丝
牵引欣喜的目光
冬日淫雨
泛滥冷湿的惆怅
诺亚方舟早已损逝
鸽子被迫再度寻觅
春天的橄榄枝
为什么春天的传说
那么切近
眼前却横亘
雾失津渡的汪洋
想找一片春天落脚
却需要精卫填海的奋力
春天这个恼人的太阳
惹多少夸父疲累的脚步

笋

污泥深埋的日子
地火一直在锻铸
浊水浸渍的时刻
原来在淬火
龙泉太阿的锋芒
一直在剑鞘内潜伏
当你将一身箨壳抖落
江湖一片惊呼
要赢得世界的赞许
必须拥有强悍的风骨

谷　雨

黄昏一拉下脸来
雨就再也收不住脚
纷纷从空中掉落下来
风可以打乱鸟的阵脚
我的心如铁定的桥墩
任你是一江春水行色匆匆
即便迟暮我亦痴守一树繁花
从不去计较明天
是否终成正果

2017.4.26 深夜

安

鸟不喧，风轻悄
时光就这样慢下来
停住脚步，我是
其中的一条船
卸下所有的负载
与你们一道，安享
玉鉴琼田泊住的
一段清闲夏意

阳光，野马驹撒欢而来

双十一节的早晨
阳光，野马驹撒欢而来
那蹄上都带着春夏秋的香
踏碎昨夜寒风的呜咂
奏响一支媚亮的冬日晨曲
当冬天与春天已不再势如水火
在剁手狂欢之余
我们看人时的眼光
能否都变得分外柔和

总是金秋

时间，如此坚实
使用了一整年
到岁末了
还一点都没有
磨损的模样
秋天因此也
格外坚挺，让我
从浙中一路山环水绕
到浙东，到舟山群岛
视线从未疲软
那一树一树的金黄艳红
将严寒的时令
燃情得蓬勃火热
冬日阳光孵化出
冬天里的金秋
一次又一次渲染
与天不老的人生进行曲
人们的脚步为何
都如此铿锵
不高歌怕辜负了
这天地的浓情

2016.12.10

焦　月

今年，梅雨
太满太深太冷太毒
濒临溺毙的她
被打捞起来后
就将怨愤
燃向整个夏天
一把烈火
焚完了夏季
又烧到秋后近白露
七月十五的夜晚
鬼气森森
冷汗逗引不出秋雨
星星早燎没了
只剩孤零零一饼
烤得焦黄的月亮
兀自贴在天上

2017.9.8

秋日阳光

古井无波
一定是风信未至
苍老的天空
不是照样风起云涌
年岁的堆垒
没有淹没涌动的情愫
今天，面对这些
年少美好的文字
我庆幸自己
始终是一棵
多情的树
叶脉编织起
足够广阔的绿色海域
每一次阳光的问候
都能激起我
太息一般绵长的
幸福涟漪

秋，终于改名叫凉

秋很容易让夏带坏
染上一种火爆脾气
到处撒野
惹起满地训斥
开始冒出火星
秋我行我素
一路招摇风火
老天总算老成
老中医了
看清了病灶
摸准了穴道
昨夜无数冰魄神针
针针入肉
遍布秋之体肤之内
热燥奔突的戾气
破堤而出
夜色退潮之后
站在黎明的岸边
在姑娘已时尚称
菇凉的时节
发现那个倚风而立
改名叫凉的秋
竟是一位
如此温婉可人的姑娘

秋日江南

老黄历久已消失
霜降的节气
名存实亡
公历登堂入室
眼前我们认的
都是 11 月的秋芒
秋天的阳光
如此招摇
完全不遮不羞
活脱脱的时髦女郎
有些汉字真的是
不识时务的遗老了
什么秋心是愁
你在江南，你来江南
你到洞庭湖边看看
长亭无踪短亭匿迹
秋风虽还袅袅
不再揾离人的泪
洞庭的秋波再煽情
木叶就是不投向
她的波心
兀自坚实油绿
紧贴住一片夏意的枝干
而今的江南
春芳夏绿
一路开疆拓土
秋冬只能作
短暂的负隅顽抗

2017.11.2

今又重阳

今日之秋
把重阳这束金菊
栽入周六
这个妥妥的盆子
秋天的阳光好肥啊
有最美的菊花捧场
山，前所未有的亢奋
任由越来越多的脚步
把自己的胸膛
擂得山响
而那些视线
因为山的怂恿
一束束恣肆地
去与秋风
赛个短长

2017.10.28

落 叶

只要
听得懂
草尖的露珠
投身湖中
是惊怖还是窃喜

只要
看得出
轻巧的蜜蜂
扎进花丛
是迷失还是幸福

那么
你就会明白
我跃离枝头
为什么总是
踩着轻盈的舞步
去叩问土地

瀑布急切地跳下山崖
摇身变为
欣喜活泼的小溪

是江河湖海的波光潋滟
把它招引

游子返乡的脚步
为什么声声如
不知疲倦的鼓点
是乡情乡韵的丝网
把游子的梦里家山
牵缠了
一遍又一遍

从枝头的繁华
走进素朴的老家
在秋风的吟啸中
在金黄或者火红
谢幕之后
作为一片落叶
愉快地向生命
呈递一份总结
然后，宁静地为大地
奉献一种皈依和报答

2014.12.4

初冬，东阳江滨秋色

11 月 16 日，季节的宫门
已挂上冬天的匾额
现在的秋天十分执着
她不来计较名分不名分
堂而皇之住进冬宫
身上披挂的
不是骄傲热烈的艳红
就是富贵逼人的金黄
异想天开助推星际探索
离经叛道成就马列学说
当 PK 已成主旋律
何妨你的地盘我做主
当混搭已等同摩登
秋与冬的联姻
会不会如同水与火的牵手
酝酿出酒一样的生活

捕 风

为捕获这场奇特的风
你潜伏了一整个冬夜
所有的草木，甚至
娇弱的花朵
都成了严阵以待的武器
当胜利的喜悦
如曙色一样满溢开来
你，站成季节的雕塑
任由各色惊叹艳羡
飞花溅玉

冬，摇着冰凉的小手

喧闹了一年的繁华
偃旗息鼓
走在向死而生的
收容队列中
冬，摇着冰凉的小手，说
我负责断后，不必送
你只管
在春天的路口
等我

芭　蕉

青葱明媚的岁月
一支明晃晃的高烛
时常供奉在诗文的庙堂里
一轴华丽丽的名画
牢牢安插在多情的目光中
总以为恒久的爱意
如影随形，于是日日夜夜
叶叶心心，舒卷有余情

一场浩劫，凋敝了
我所有的葳蕤
破败的容颜以墓碑的死寂
冰镇住曾经鲜明活跳的心
所有的脚步都离我远去
所有的目光都对我视而不见

不知从哪里冒出的春风
缠住我就不走
殷勤的问候吹化了三九
冰结的心开始松动
活力一旦在体内游走
发现枯槁灰暗的外表

原来只是一件破旧的外套
春风的鼓动让我找回初心
褪去破衣烂衫
如刚出匣的镜
我又容光一新

2016.2.23

冬　雷

2014 年 11 月 28 日，小雪节气已过去好多天。深夜 12 点，冬雷炸响，炸成小诗一首。

子夜。深冬。
雷声，从传说中挣脱
在我酝酿已久的梦边
炸响
击碎浓稠的睡意
让惊悚长喟
满地游弋

浸泡在雨水中的冬天

雨水不是昆虫
不习惯冬眠
不但不会冬眠，今年
突然衍化为一种病菌
特别喜欢，在冬季孳生
蜡梅，挂满泪花
暗香被稀释
成了一杯冲了多遍的茶
鸟儿，叫声屡遭打湿
涩，冷，以至喑哑
田野上，农人面对
冬雨泡坍的菜蔬
就像看到自己的孩子
横遭侵袭却爱莫能助
这个冬天，太阳
胆子小做洞穴中的田鼠
蓝天，成为一种
濒危物种

融　雪

阳光，王师铁骑突出
旗帜鲜明指向沦陷失地
将其一一收复
远山松开板结的脸
天空经平反昭雪
重获蔚蓝的清名令誉
鸟雀开始大着胆子
为晴空这首抒情诗
添加标点
喧阗再度流满街市
梦魇已经融化
所有的雪水
都在酝酿一个春天

黄昏劫

风雨雷电
总喜欢在黄昏纠集
共同谋杀白天
这回还拉上了
冰雹这个帮凶
不可一世的凶暴
汇聚成河
瞬间席卷东阳全城
回家的渴望
休憩的憧憬
集体撞上
诅咒的礁石

江南的四季

一张常做常新的卷子
春天总是抢答
草木争先恐后举手
鲜花声声喊出
朵朵新奇的答案
夏天赤膊上阵
一边挥汗一边思索
蟋蟀念念有词
萤火虫挑灯夜战
绿荫繁茂铺排得体
夏天的解题思路
是一条又一条活泼的小溪
秋季胸有成竹
字里行间织满桂香菊韵
沉甸甸缀满枝头的
都是水到渠成的高分
江南的冬季
越来越让人揪心
一道填空题
常常难住他好几年
现在好了，冬天的眉头舒展了
纷纷扬扬的这场大雪
把一年四季
最后一道填空题
彻底填满答对
江南，一张完美的答卷
正准备呈交新年这位严师

第三辑

爱之想象

栀子花的爱情

南风一定是男性的
我在翻阅发黄的农历月份
得出一个崭新的结论
时而暴烈，时或婉约
南风在绿荫丛中游走
你含苞已久的爱情
被轻轻悄悄地打开
洁白的信笺
容得下再多浓烈的爱意抒情
栀子花开呀开
栀子花开呀开
咏叹声声如潮翻卷
南风吻过的海滩上
最能捡到
忘情的珠贝

2015.6.2

打 水 漂

对水的思慕，年深月久
从一坨泥土的厚实
坚持到一块石片的清瘦
终于等到一只手，愿意牵线
于是，飞出一串热吻
啄向水水柔柔滑滑的脸面
即便水恼了，也再无法
将我忘记。坠在她心里
是石头的倔强执拗
除非海枯，不会石烂

油菜花寄语春风君

你有多大的臂弯
我就有多大的胆量
你的柔情已浓得像酒
我怎能不酣成联翩的情话
飞满冈峦，绵延至田畴
当你的手指
轻轻悄悄抚过
我的每一丝战栗
都欢乐着金黄的火苗
如果灼伤了你的眼
我任性，不管

倔　强

一种皈依，曾经让我
极度虔诚
心，始终呈现
双手合十的模样
我绝不会认一品红
是一种酒
芳草丛中
那火热的品相
早已让她艳压群芳

第一次与她相遇
我的热血
就奔流成河
任樱花雨漫天潇洒
不为所动
一拂了之
也不想认识
什么鹿角海棠
（即便她有着谜一样的传奇）

当终于发现
一品红的火热心跳

并不愿意为我叩响
从此，我过敏太阳的颜色
宁愿把夜握在手心
攥成一枚黑色的印章
爱情贴上封条
盖上永远尘封的章

踏上雪域
我把自己放逐在
人海之外
有月亮的晚上
摇落一地银辉
用月光细细缝合
日渐破损的记忆
且让余生孑然兀坐
静守山水的悲欢

告　白

千百度解析夜晚
为灵魂救赎
五百年前的自己
一次严重的失足
辜负了断桥处
一场真情的邀约
夏风中，我盛怒的严霜之气
足以将一株怒放的紫薇
诛杀。西湖边
彻底陷入人妖之间
巨大的纷争
我从右边踱到左边
又从左边回到右边
撕扯断周身所有的帛缕
问山问水问一阵风
只为破解真爱的命题
借太阳之臂
用曙光摇醒每一朵花
花朵的唇吻纷纷吐露
白素贞坚贞不渝的爱情
在一千次的忏悔之后
我赢得了白娘子

一万次的爱恋
求得后半生的安稳
这还不够
从前世身上
剥离刻骨铭心的经验教训
粘贴进今生的生活
让爱与被爱
历久弥新

附：恩师许岳忠先生和诗

且行且珍惜

许岳忠

问山问水问一阵风，
我来自哪里去向何方？
一株怒放的紫薇笑声朗朗：
何必管五百年前自己？
且摇醒一朵花，
细细欣赏，
还有断桥处红药灿烂。

剥离那恼人的生恨死怅，
即使总也左边回到右边的循环。
已求得半生安稳，
心地坦荡何惧彼雨骤风狂。
且解析夜晚，
看灯火辉煌，
粘贴生活图板，
无限风光，
天高地宽。

小 小

我的目光每每幽柔成湖
泊潴不堪言说的心绪
好奇的你
突然踏访我的浅滩
牵着你那不安驯的马驹

马齿的啃啮
把我敲打成
一架苍老而年轻的琴
小小的你
也许开始有所感应
要不然
那顶七彩帐篷
怎么会为我打开
成为我的草滩上
最明丽的风景

当马驹日渐高大
我的水草开始稀疏
稀疏得像苍凉的
人生暮景中
孱弱地招摇的白发
蓦然惊觉
你跨上长大的坐骑
眼神中的惶惑
如一道牧鞭
鞭笞着你的影子
急急地离我而去

2014.8.20

半个月亮

生逢乱世，恩爱夫妻
再深的柔情蜜意
都守不住
一轮共同的明月
只好让一面铜镜
拗剖两半
你一半我一半
将睹月思人的念想
时时揣在胸口
在逃难的人群中淹没
你我就是
两棵苦命的小草
风雨飘摇
乱草萋迷重重阻隔
踮起最渴望的目光
都找不到
那个最熟悉的身影
苦难敌不过隐忍倔强
风雨过后霓虹桥下
你我彼此的思念
如时雨催花怒绽难抑
胸口的半枚铜镜
已被各自的泪水
擦拭成半个月亮
心中有光，你我开始发亮
带着光亮
于万千人中
你我走进共同的光影
人间破镜重圆
天上一轮月满

误入你的花海

一直以为自己是列火车
热烈执着，却也必须
紧张平淡拘束
不承想我也可以
是一条不讲章法的山涧
狂草一样恣肆地泻墨
在山的腹背间蹿高伏低
随物赋形尽兴之后
沿性情的非指示性方向
滑溜进平畴旷野
这一天我误入你的花海
葵花格桑花千屈菜薰衣草
你缀满各色花卉的裙裾
摇曳的都是芳香
时不时摩挲着你的脚踝
迟疑着再不愿走
请你细认花海中
那汪痴情的深潭
那就是我那就是我

2017.8.16

叫　春

夜色，宽容如海
欲望，无边际泛滥
排浪滔滔
一波又一波撞伤
所有，失去抵抗的听觉神经

情与欲，猫在
一夜又一夜明诏大号
挣脱一场又一场梦魇
回到阳光下
发现，夜与昼
已经不再壁垒分明

黄皮肤黑眼睛
温厚腼腆了数千年
身边的这个族群
这些年
心已习惯于欲海裸泳
肌肤纷纷失范
欲念与无耻
将其彻底纹身

有一种爱
原本只适合，夜幕轻裹中
轻轻呢喃与呻吟
如今，展台上
光天化日之下
欲望，屡屡以爱情的名义包装
进行批发或者零售

真正的爱情，清嫩如诗歌
而诗歌，是一种苗木
在冬天，极易受到伤害
爱情与诗歌，在寒流中瑟缩
不再有人呵护
他们，能否平安抵达
下一个春天

第四辑

花石怡情

春天，我很忙

春风，吹开千百扇门
每一扇门内
都住着一位花仙
于是，春天里
我总是很忙
忙着串门
忙着采集
那一次又一次的花讯
当蜡梅的小黄朵
被冬天接走
我随第一缕春风
踏访迎春花的小院
刚低头流连早春
落在人间的小星星
猛抬头，邻院的檐角之下
玉兰花已一树明艳
在向我招摇
当我沐浴完玉兰花的芬芳
行走于杨柳惠风的街衢
放眼四顾目不暇接
每一扇洞开的门扉之内
不是梅花堆满香雪

就是李花冰肌玉骨
迎风俏立
要么海棠春睡初醒
要不碧桃红装妖娆
连翘挥舞金鞭
逗引得樱花再也按捺不住
喷薄出满树云霞
生怕辜负春天遍地芳华
我忙碌的脚步
匆匆成蜜蜂的翅膀
我飘忽的身影
恨不得化身为
千万亿个自己
好去守住春天里的
每一棵花树

春　心

春天，我的目光很忙
双脚也跟着一个劲撒欢
刚亲临见证，二月春风
为杨柳新梳的羊角辫剪彩
又匆匆赶场，采撷
人面桃花喜相逢的镜头
那些春风沉醉的晚上
时雨与新苗，一夜风流
黎明时刻，花花世界
各种花草急不可耐
将人间的香艳故事
传遍大街小巷
天地人三才，各各春心荡漾
从来没有一段历史
像现而今的油菜花
这样恣肆放荡
大张旗鼓地招惹你的眼
我的目光远胜李白的艳福
我的脚步兴奋得
让苏东坡根本赶不上
一狂野起来便说走就走
御风而行跨海而游

汽车高铁飞机，风火轮
如影随身。照相机摄像机
这些贴身丫鬟
将我的目光擦拭得
更远更宽更亮
阅尽人间春色
以往只属于诗人的呓语
只有我们这个时代
才不是一种
可望而不可即的梦想

2015.4.14

迎春花

灯芯，一颗执拗的心
总是探向春天的方向
从冬的油井里，汲取
向上的力量
朔风，一把无情的刀剪
却把你打造成
多情的蜡炬模样
你黄亮的火苗一旦点燃
就如金色的喇叭
吹响了起床号
春天正撩开寒冷的帘幕
向我们的视野挺进

2015.2.8

白玉兰

当迎春花的小火苗
将春夜烘出几许暖意
你就在春日的阳光下
抖开了春天鲜明的旗帜
风受到感召
从料峭投诚和暖
雨放下冷鞭
挥洒出点点爱意
桃红李白杏香草绿
江湖上风生水起
随着又一个
以春天命名的番号亮出
一支四季的排头兵队伍
正在集结

莲的一生

尽管，脚下的生活
平淡如水
你，没有学浮萍
散漫无羁
而是擎起一颗心
燃成火炬
灼照着前程
芬芳的年华中
你的生命
因此紧实如莲蓬
日子于是变得
一一值得检数、珍藏
那是因为
你把每一天
都郑重而努力地过得
像一颗又一颗
苦心孤诣的莲子

马蹄莲

金戈铁马的一幕幕
早被大地翻了过去
翻不过去的是记忆
今天，暖风熏软
仍有一些洁白的耳朵
执拗地与马蹄嫁接
一再倾听
遥远的历史回声
马作的卢飞快
弓如霹雳弦惊
气吞万里如虎
热血豪情成为绝响
此生无缘壮烈
那就秀丽，秀丽逼人
演绎一段今生今世
全新的征服

2015.5.25

佛　手

当我的视线，第一次
被你奇崛的形貌牵缠
便从心底，喷薄出
一曲又一曲惊叹
佛手，量身定做的美名
只是为你
名与实，从此珠联璧合
我一直痴痴地想
在未有“佛手”此名之前
与你邂逅，一见钟情
我会用什么名称
恰如其分地呼唤
你这百果中的极品
仙人掌？观音掌？
可惜这样的美称
已被那种多肉多刺植物
抢先注册在
人们的唇、齿以及声带
组合而成的气流之间
那就叫你金香玉吧？
金色、芳香，玉一般温润
然而这样的名字
虽有形质之美
却难描就灵动之态

岂不辜负你
纤纤擢素手的曼妙？
在否决了自己
一千零一次的命名方案之后
我不能不对着佛手的美名
低眉合十，眼观鼻鼻观心
表示虔诚的叹服和皈依
浙中的这种奇果
其名佛手
是源自拈断数茎须的
苦吟沉思反复酝酿
还是电光石火妙手偶得的
神来之笔？
不是吗？
你金黄的亮色
与我佛如来莲座金身的高贵气象
一脉相通，接轨得何等完美
你纤指微攒
不正是佛祖手持金婆罗花
拈花而笑，最接地气的版本吗？
有缘有福之人
都是你的摩诃迦叶
让我们从你手中
接过涤滤尘俗的馨香衣钵
同修一段，华枝春满的
人间正果

2014.6.26

邀苏东坡赏花

你用文字，让多少花卉得以保鲜
那惠崇的竹外三两枝桃花
靠你的诗句伴蒌蒿芦芽
历千年到如今一直春江水暖
生动鲜活。不过你还是担心
夜深花睡去，所以你高举红烛
时加探看。绿肥红瘦的时节
海棠终究已睡去，到明春方醒
我家的芍药开了，坡仙
请你从薄薄的宋词中走出
哪怕你有一肚皮不合时宜
我八十平方米的庭院
安放得下，我有桑椹泡的好酒
还有我的弟子申屠东明
独创的德可金酒，庭院里
阳光下，我安排好几个席位
请一帮诗友作陪
来，请坐请上坐，品酒赏花
你尽以亮出诗词文书画几项全能
几个世纪的陶冶，这个时代
已经拥有你史上最多的粉丝
你再也不必担忧花睡去草枯萎

我有办法让昙花长开不败
叫芍药永久吐艳。送你一只手机
定格芳菲瞬间，然后，你何时
想寻芳揽胜，随时点开屏幕
诗意与惊艳并蒂莲开，一定让你
才思如大江东去波涛汹涌

爱花的女子

对一朵花的盛开
无视的女子
心灵是粗糙芜杂的
栽培起满院的花草
涵养住一屋的芬芳
我在等一位爱花的女子

虔诚铺就的花径
终于出现她婀娜的身影
她轻缓的脚步
叩响我热烈的心跳
鼓起勇气撷取最美的一朵
为她插上轻绾的云鬓
她如花的笑靥瞬即点亮

周六，上山挖腐叶土

爱上了花草
就平添了许多不忍心
风吹、日晒、雨淋、霜打
撩拨起多少关心和警醒
水，及时浇下去
肥，一直没有断档
为什么花花世界里
有那么多三焦失调的孩子
有一种启示
像阳光突然刺透乌云
土层板结如铁
让根系长期猥琐
蹙缩的心，怎能开出
明媚硕大的欢颜

趁着周六，扛上锄头
带上我突出的腰椎间盘
沿着一路响晴，上山
按松针指引的方向
找到落叶最喜安息的地方
一锄下去，山体松软如酥
任我恣意爱怜
肩扛，手提，车载
当我的爱和喜满载而归
那嗷嗷待哺的一院花草
一定兴奋得如檐下乳燕
看见他们衔食而归的母亲

陈家紫藤

2017 年 7 月 19 日，盛夏，我家独放的一束紫藤花

春天如鱼得水
你小小的紫帆
猝不及防
误打误撞进盛夏
这片热浪翻滚的海域
你娇俏的容颜
再怎么招摇
谁都不忍心
苛责这个美丽的错误
夏风一路奔跑
都只为你哼唱
香艳的宣叙调

接　力

大街上，人影
在烈日的鞭打下
越来越凋零
庭院内，一场反抗
正在怒放
我家的紫藤花
前仆后继

我的爱石组诗二首

其一：花溪玄鸟

缘定刹那
偶然的一次
涉足磐安花溪
蛰伏千百万年的
玄鸟精魂
便栖息于
我的目光丛林
尽管岁月磨钝了
你的翼翅
我飞翔的渴望
却每每由你催生

其二：温良小狗

当城市狗多为患
我却从溪头
捡拾回一只小狗
不惊不扰
放养在我的案头
我的小狗
是永远的
乖觉温良模样
虽不能言最可人
给我解颐
让我流连

第五辑

吾乡吾土

金华，浙中金花

浙江中部
金衢盆地
一座城市
如此钟灵毓秀
黄大仙绣口一吐
满地的乱石
便咩咩成韵
游走成一地
洁白的羔羊
八咏楼头何幸
迎来东方美神李清照
明眸青睐过的土地
水接三千里的灵动
气压十四州的纵横
让婺州大地
激情与歌诗齐发
鲜花共美善绽放
艾青以不死鸟的精魂
天天唱响我们
身边最真实的黎明
施光南的弹奏
让婺州的每一寸热土

都感应到希望的音符
茶花娇美
使浙中儿女
分外秀气
火腿浓香
让浙中山水
有滋有味
花城诗城最佳休闲城
芬芳美誉
接踵而至
浙中的嘉年华
寻常巷陌
都时时流淌
美好坚强
勇敢真挚的
热血情流
诗人郑朝阳
已像流星划过夜空
但他“命运决不交给死神”的
铮铮誓言
锃亮着浙中
接受洗礼后的

每一轮朝阳
一个年轻军人的名字：
孟——祥——斌
让婺城
再次骄傲再度悲痛的同时
八婺子民最美好的情愫
又如春雨杏花，遍地生香
我见青山多妩媚
熟悉的地方一样有好风景
江南这座我最熟悉的城市
诗意与画情兼而有之
侠骨和柔情水乳交融
她的名字叫金华
她的美名是金花

2007.12.4

恋曲，中国乡村

苍老了千百年的中国乡村面孔
是永远的坑坑洼洼眉宇愁锁
炊烟缭绕着狭隘和闭锁
倚锄而立的父老
木立着一年复一年的
迟滞和无奈

那满身油泥的脊背
驮载一代又一代黄土里的挣扎
草绳系腰的中国农民
心底其实并未忘记放飞美好的向往
希冀的翼翅尽管屡屡折断
折断的希望被却坚韧的双手
种成一茬又一茬庄稼

是改革开放的浩荡春风
将中国乡村广阔的原野
吹拂得格外鲜明生动起来
中国农民的眸子日益清亮
远方流淌的富庶繁华
城市七彩的霓虹刺痛了
中国农民痴痴凝望的眼神

致富路上中国农民的跨步格外高远
新时代的中国乡村每迈开一步
就将古中国的犹疑和徘徊
甩开几个世纪

时光倏忽已刺破二十一世纪的大门
应和着中国农民火热的心跳
中南海的巨手正精心擘划
新农村建设的宏伟蓝图
希望的田野上每一寸热土
都在鼓动春潮

乡村高耸林立的
一排排帅气亮堂的楼房
站出中国历史上最神气的日子
坦荡如砥的道路上
载满农民喜洋洋沉甸甸的憧憬
越来越多的花园式农村
夜晚闪烁的霓虹和明亮的街灯
一再刷新乡村与城市
日渐缩短差距的新纪录

中国的头颅不再忽冷忽热
思想正变得
前所未有的冷静和清晰
在芬芳的笑靥之后
人们的眼光已更多地投注
乡村依然低俗的精神层面

如果让蚊蝇继续翻飞于垃圾丛中
如果让迷信的幽灵
公然蹀躞于愚昧的神经
如果让赌徒的吆喝
依旧彻夜喧阗于乡村的夜空
如果乡村在米袋爆满的同时
农民的口袋仍然瘪塌
农舍传出的病苦之声
迟迟得不到
阳光坚实有力的抚慰
如果……
那么中国的乡村将依然
是一个营养不良的佝偻巨人

为了让中国的每一条脊梁
都站成挺拔的大树
为了让中国每一个乡村
都如鲤鱼跳龙门
跃入温饱富足祥和文明的茵梦湖
中国的农村农业和农民
必须在助跑线上铆足劲继续奔跑
中国“三农”真正起飞的一天
就是华夏民族将大写的“龙”字
尽情挥写到东方天宇的时候

2006.10.24

磁

亿万年前，熔岩
想挣脱山的怀抱，外逃
山用强大的磁力
将它拽回
熔岩从此乖顺
竭力变身满坡的土石草木
山与土石草木结盟
以八面玲珑的造型
亮相，让八面山成为
合力凝固的象征
后来，一位叫徐文荣的汉子
在横店沉思有年
终于读破了山的秘密
磁力，成就山的高度厚度
从横店丝厂等乡镇企业起步
到广州街香港街
再到秦王宫清明上河图
一直到现在的圆明新园
磁力，让横店精诚协力
从乡下小镇横店
长成东方好莱坞
横空出世的一块硕大磁铁

吸引住五湖八方的目光
东磁集团更是日复一日
为横店充磁
横店，穿过岁月的流水线
定型为一座
举世惊叹的磁都
磁力是能够传递的
横店的磁力
通过一束束惊艳的视线
一双双慕名而来的脚步
一车车源源而去的集装箱
向世界的不同方位输送
让世界的南北东西各极
都变成巨大的磁力场
而今，我站在东磁大厦
磁性最强的区域
我的诗笔，正感应着
一波又一波的磁力冲击
我相信，灌满磁性的诗笔
一定会吸纳住
更多的清辞丽句，诗情画意

2015.4.28 深夜 2 点

春天，凝视一株梨树，许久

自从炊烟，被风
永久掳走之后，我
再不忍心放走
这些乡村老友
鸡鸣狗吠猪哼鸟啭
还有，那一畦一畦的禾苗
以及一树一树的花开
常常，从城市抽离出来
即便无人陪伴，我
也喜欢，将影子
依偎在田埂地头，与乡野
作一次又一次的深情对望

今天，白溪的春风里
在别人的村庄
遇上一株老梨树
作为农人的后代
一定是我身上，潜留的
乡土气息，被感应到
老梨树把我当自己人
一样来亲切。老梨树像老农
不喜欢多话，我们彼此凝视
许久，一起都开出花来
然后一块儿合了影
没有说再见，但我知道
从此心里，我有了他
他也有了我

2016.7.2

东阳江畔彩虹桥

都说霓虹的颜色是梦的颜色
如今梦的颜色
已渲染成生活的颜色
寻梦，已不必涉足远方
茶余饭后的一次随意徜徉
襟袖之间的东阳江
就足以让你触摸
梦的玫瑰色裙裾
蓝天，在温婉与浩渺的
如歌行板中演绎
对新城市新境界的无尽缱绻
青山，以前所未有的惬意
呈现悠然自足的情态
绿水，在人们呵护女孩
一般的精心护理下
正丰盈着一段
妙龄少艾的花样心情
而江畔高耸的楼群
则成为有史以来最神气的诗人
顾影自赏，临流赋诗
矗立最新最美的世纪华章
当彩虹的绸带
绾起江南江北的亮丽
将一座名叫东阳的新城
拎到人们的眼前
惊艳的目光将像礼花
朵朵绽放

2013.11.15

今晚，江心岛亮灯

丰满起来的东阳
将千年的老棉袄一扔
走到了江边
临水一照
竟如此曲线玲珑
躺在新世纪的怀里
兴奋起来
波涛格外汹涌
江心岛，东阳江的肚脐眼儿
经过多年的巧妆妙饰
今晚，成为醉迷一景
多少脚步
钉在艺海大桥上
眼光，迷离于海市蜃楼
晚风，很难将它催醒

2016.2.13

玉佛禅院

尚存一小把假期
难作六根静宁的清修
一段尘缘，特特牵挽
浙江最精致的寺院
年事太高，脚力变低
母亲暌隔宝相慈颜经年
孺慕恳切祝祷喃喃
从弥勒到观音到如来
母亲逢佛便礼敬
打小的无神论洗脑
心池中虽难长慧根灵芽
不碍我放生耐心定力
慢慢等母亲
塔影殿丛中细细流连

入夜，母亲的睡意
变得如此浓郁
让我有充足的余裕
忙里偷闲
像老农痴情于田畴
对九峰山的日出
我们企慕已久

凌晨五点不到
与二胡老包一道
偷越母亲的梦境
摸索到九峰山上山门径
半个小时的汗雨
打醒了一路
零星的波斯菊
山顶禅寺的山门
迟迟缄口不语
趁着晴好的天色
在山门外
我们照样采摘到
最鲜明饱满的
杲杲日出

2016.8.15

白泉二首

其一

动用了大半生的梦想
我才买下了这方山水
是山影中攀爬长成的童年
水中沉浮历练的少年
还是长大后古诗词的咀嚼吟哦
绿树村边合，青山郭外斜
青山横北郭，白水绕东城
看见青山，我就想起父亲，想依偎
面临流水，我就思念母亲，想牵挽
笑迎山花，喜聆飞鸟
我就轻唤兄弟姐妹，想簇拥
所以，我郑重地选择
一个叫白泉的山村
青山郁郁绿水盈盈
让她安顿好我所有的
童年记忆和老年向往

其二

养在横锦水库深闺多年
如今出落得远近闻名
白泉村，用自己的独家秘方
调制山光水色民居格调
酿成满壶醇浓的乡色酒
醉了一拨又一拨人潮

2016.11.17

白　鹭

5 月 3 日傍晚，节日尾声
林头村与楼村头
共享霞光夕照
村旁，一片白水沃土
田畴之上
成百上千只白鹭
从唐诗的意境中飞出
诗情画意，比王维更王维
在新农村版图上
动态生成
相机的视野太局促
盛不下，白鹭们穿针引线
绣成的唯美图景
身旁引爆
一串又一串惊喜赞叹
心潮开始翻动
初夏序幕

2015.5.6

东阳书城开张

尘世如海
这个孤岛
我再不能失守
岛上仅有的子民
铁了心，当钉子户
十二级台风
也刮不走

2015.5

观东阳市摄影展

光与影的旋律
奇与巧的构图
趣与美的影像
东阳的快门
一次次按下
引爆一阵又一阵
啧啧和呵呵
挂满墙的吸铁石
童心一下子扑向磁力
衰迈的身躯
梦立时鲜活
随视线扑棱棱飞出

2017.4.28

车慈岭的红

带着整坛满缸的热望
一直想和你来一场
拼将一醉的酡红
深秋去了你太青涩
寒冬来了你又憔悴支离
在秋去冬来的山岭古道上
我一直拿捏不准
你最适宜的心跳频率
陆游的手推车
曾经驮来一腔孝心
载将一路夕阳红归去
如何让我撞见你
豪情红艳勃发
如易安居士沉醉不知归路
是我最喜欢琢磨的话题

2016.11.20

门前的新安街

从人民路到艺海路
这一段新安街
像一处野渡依偎在河边
进可入生计奔波的滚滚洪流
退可守茶余饭后的悠闲方步
那些年的光阴闹中取静安居乐业
门前空旷养得住一个
硕大的苗圃
苗圃里盛得下
一整年的怡红快绿
足够多的矮墙
靠得住凌霄花所有的浪漫
白天的风很少受惊扰
夜晚的梦常常很完好
当阳台上眺望东岘峰的目光
被高耸的楼房拦腰截断
地上的窨井盖便开始策应
汽车呼啸而过的声音日夜作响
静好的岁月一旦谢幕
从舞台里冲下的
便都是些喧嚣的脚步

2016.11.30

玉溪山乡行吟

江南，一锄下去，一眼清泉
玉溪，一头扎进，水媚山明
重重叠叠的谜面
山环水绕什袭珍藏的谜底
逗一双又一双眼睛
放一束又一束目光
深入山乡的腹地
大山，沟壑守卫古老的贞洁
溪水，潺潺至今静若处子
石块，站起来就足以守护家园
墙壁，豁了嘴也坦荡自在
就像上了年岁的山民
缺牙咧嘴，笑靥里漾满的
总是淳朴的本真
村中，两棵形销骨立的老樟树
明知再倔强也长不出新叶
依然保持着永远
昂首问天的执拗造型
光阴动容，游人因为景仰
频频止步行注目礼
而今，日渐平整的公路
正在接通山里山外的输血管道

大山深处的风景
终于如窖藏多年的女儿红
浓郁的香气透瓶而出
引众多的引擎低吟高鸣
高阳酒徒们闻香色喜
为博一醉不辞山高水远

2016.10.30

卷饼筒

磐安。方前。蔡家畈
山里人家的传说
自高中至五十有几
三十多年的窖藏
今夜启封
以厚实的装束出场
卷饼筒成餐桌上的主角
火腿的浓香
像旗帜一样漫卷
竹笋海带烤豆腐胡萝卜
虾仁迅速与粉丝会合
薄薄的麦饼
将一干食材
排兵布阵停当
以矩形方阵的整齐划一
投入平底锅进行烈焰打熬
以色香味的 N 次方
组合出击诱捕食客
当腹鼓肚圆一一中招之后
众食客纷纷扪胃喟叹
好撑呀好撑

2017.4.3

中国农村文化大礼堂之歌

一旦挣脱
茅草屋的简陋
木板房的单薄
中国乡村
钢筋水泥垒砌的骨架
迅速窜高
日渐增多的乡村华屋
像一口口硕大的酒缸
酝酿着中国农民
亘古未有的喜气和富足

在破茧化蝶的啧啧赞叹声中
蓦然回首，我们发现
脱离了田园的清新和民俗的古朴
在日益物质的高远天宇中
飞得太久的中国乡村之蝶
陡然从精神的层面下跌
一直跌落到一种迷离的境界
渐渐找不到回家的路

魂兮归来
曾经桃李荫后檐的中国在喊

把根留住
曾经人面映桃花的华夏在找
只顾在致富路上奔忙的农人
一旦心灵得到暂时的安顿
便开始怀念
心心相印的和美日子

在古厅堂、古祠堂远去的背影中
人们感应到一种古朴的笃实温暖
那华堂高烛中认祖归宗的同心戮力
彰显过中国乡村
一次又一次的浑穆绵韧
即便是当年的人民大会堂
尽管悬晃过毒蜘蛛编织的
内耗争斗的噩梦
社员大会上同村的笑脸挨挨挤挤
向阳花一样一齐开放的火热记忆
也并没有凋零殆尽

于是在古厅堂、古祠堂、大会堂的
叠影辉映中
一张崭新的图卷
在新时期的中国乡村显影
既葆有中国传统元素
又集纳现代社会特征

中国乡村文化大礼堂
在田园山水之间应运而生

当我走在
白水口、蔡宅、单良的乡音乡韵里
新农村文化大礼堂那一扇扇
或古朴幽雅或锃光瓦亮的大门
如同翻开的时代书页
中国乡村，正在豪迈而又温厚地
书写自己的田园家国叙事曲
中国乡村文化大礼堂
给农民的心灵重新找回一个家
让中国乡村灵魂重新找到安放之处
替农村、农业、农民“三农”之梦
营造一个孵化成长基地
当中国乡村的精神品格
随山水一起再次被擦亮
中国的图景才会
让世界的目光
久久地惊艳

2014.4.16

哦，那迷人的东阳香

兰熏，俗称火腿，出金华者佳。金华六属皆有，唯出东阳、浦江者更佳。

——清·赵学敏《本草纲目拾遗》

火腿“以金华之东阳冬月造者为胜，浦江、义乌稍逊，他邑不能及也”。

——清·王士雄《随息居饮食谱》

金华火腿……尤以东阳之上蒋腿最为著名。

——民国二十九年《浙江工业》

每到饭点，走进浙江中部
深入东阳的大街小巷
总会有一种香气
咸香带甜醇浓郁美
盘旋萦匝于你的鼻翼周遭
一再煽动你的味蕾
掀起一股垂涎饕餮的冲动渴望
这种绵延了一千二百多年的奇香
始于大唐兴于北宋飘拂至今
闻到它就能品咂出乡愁的滋味
亲近它就是贴近祖先的怀抱

这种香叫做火腿香
火腿香是东阳骄傲的芬芳

兰熏、家乡肉、嘉香肉、火腿
每一种命名都昭示着
历史对这种乡土极品的无比钟情
宋高宗的命名——火腿
鲜明通俗准确
一朝题名百世流传
精肉细致红似玫瑰
肥肉透明亮若水晶
火腿，金灿红亮
举起一只火腿
就如擎起一枚火炬
岁月从此平添许多红火香甜

金华火腿出东阳，东阳火腿出上蒋
蒋雪舫，一位土生土长的东阳汉子
十三岁开始师从叔父腌制火腿
聪慧的天资是刀，勤奋的思考创造是刃
生命的利器一经锻造成功
“腌户之多，几遍全村”的上蒋村无人与之争锋
十九岁，蒋雪舫开设了“雪舫蒋”火腿作坊
以人称熊猫猪的“两头乌”后腿为制作原料
修割—腌制—洗洒—发酵—整修

这是打造优良火腿的五道必备工序
在五道工序之上，蒋雪舫再加三道工序
复洗—复晒—复修
精益求精，工匠精神就是这样
源远流长在浙中大地淳朴的手脚之间

像蜜蜂那样辛勤，采得百花酿成蜜
像农夫那样虔诚，倾注汗水育出粮
雪舫蒋腿爪细皮亮瘦肉多
三签下去处处透香
第一签插入肌骨与胫骨之间，拔出来——香
第二签插入股骨和髋骨之间，拔出来——香
第三签插入髋骨缝儿里，拔出来——还是香
胡庆余堂堂主胡雪岩生母寿宴上
精选细作的雪舫蒋腿香飘盈室一举成名
美誉瓜熟蒂落水到渠成，功夫不负有心人
从此雪舫蒋腿带着浓浓的东阳香
穿江越海香远益清声名鹊起
紫禁城森严的大殿闻东阳香訇然中开
德国莱比锡万国商品博览会上一举夺金
时隔十年，巴拿马国际商品博览会上再度摘金
五大洲七大洋都飘逸起
由茅台酒和雪舫蒋腿组合呈现的中国香

由雪舫蒋腿一脉相传

东阳的火腿宝库不断丰盈
不管走多远，东阳的火腿
总是如旗帜一样指引游子归家的路
不管长多大，东阳的火腿香
总是像母亲的呼唤声声入耳句句动心
来一盘“蒋腿蜜莲”吧
腿香莲美绵糯细润养心健胃
来一道“蒋腿马蹄鳖”吧
醇香四溢鲜美滋补夏令隽品
“蒋腿翡翠羹”色泽鲜丽香美可口
“蒋腿鳝鱼段”腿香鳝鲜有口皆碑
画龙点睛，多少菜谱因东阳火腿而全盘皆活

多少作家为东阳香挥动生花妙笔
梁实秋散文《雅舍谈吃——火腿》
津津有味谈买熟火腿的情趣
新加坡作家尤今深情叙说
挟火腿归新加坡的有趣历程
《射雕英雄传》中聪明绝顶的女侠黄蓉
为让“九指神丐”洪七公收郭靖为徒
费尽心思用火腿做出“天下最好吃的”豆腐
文因香美香因文传，雪舫蒋腿东阳香
已经成为一坛迷人的陈年佳酿
闻一闻舒心，品一口醉人

2016.8

放歌 5000

——写在《东阳日报》复刊 5000 期之际

“文革”十年，寒凝大地
你像竹鞭蛰伏于大地深处
寻找突围重生的机会
改革开放的春风
一度又一度劲吹
吹开禁锢的手脚
激活缤纷的思绪
1993 年 3 月 1 日
江南春意萌动万物复苏的好日子
你挺身复出一枝独秀
溅起浙中腹地一片惊喜的目光

你自由，歌唱，走在大路上
走遍三乡大地纵览歌山画水
讲老百姓自己的故事
唱东阳人不老的传奇
于是粗壮的、纤细的、白皙的、土黑的
越来越多的双手
愿意把你捧在胸口
用温煦的视线

将你细细呵护品鉴

爱意如清泉，给你汩汩滋养
你茁壮起来，挺拔起来
2000 年，由 4 开 4 版小报
扩容为对开 8 版大报
尤其是 4 版带彩的亮丽登场
你从小家碧玉的玲珑清纯
一跃而为大家闺秀的华贵雍容

人气、厚重、深邃、快捷、活泼、精彩
在想到和做到之间
常会横亘着一条鸿沟
你坚实的脚步像一支不遗余力的焊枪
让理想和现实一步步完成无缝对接
东阳人民负重前行的步履
南乡北乡不同乡音编织的心曲
乡村美丽计划的镂金摛彩
城市高度美度的节节攀升
你，时代的忠实记录者
让细节和过程的精确翔实
铸就东阳高歌猛进的编年史

有人说，你就像一座桥
连通高层视线与民间疾苦的对流
因为有了你，上情下议民意官声
在阳光下有了互倾肺腑坦诚相见的平台
只有透明才有公开，因为快捷所以便利
万家忧乐注心头
一座连心桥
绾起东阳人共同的荣辱与担当

有人说，你就像一条河
江流宛转，绕城穿乡
辉映着东阳由“三乡”的美名
化育出“五乡”的风华
社会风尚的美丑妍媸
人心向背的喜怒哀乐
在你的清流里纤毫毕现

有人说，你更像一棵树
根系的触角蜿蜒延伸到
社会的每个角落
因为根深枝繁，所以叶茂果硕
读书、交友、竞技、娱乐、理财……

有所需就会有所供
有所求必能有所应
智慧树上智慧果
任人采摘慨而慷

有人说，你是
桥梁、江河、大树的集合体
道德和良知需要你做什么
你就可以随物赋形百变化身
而今，你已出刊 5000 期
5000 级台阶的托举
足以放飞健笔凌云的豪情
回顾所来径，苍苍横翠微
把自豪和欣喜留给历史吧
你愿意携清醒和谦卑上路
继续出发
为着沉甸甸的使命
和无尽的荣光
走得快，更要走得远

2011.12.19

眸子，因你流光溢彩

——为明凯照明集团而作

摘颗月亮放在枕边怎么样
让柔美的光幔
孵化你香甜的睡眠
迷死人的一段恋情
你也许想过千遍万遍
但采得了鲜花
你却摘不下月亮
奔放的想象过后
常常只剩下满地狼藉
梦的碎片
现在好了
明凯人用奇妙的光缕
为你绣梦的华袍来了
到明凯照明公司走一走吧
那 LED 光源的崭新灯具
千盏万朵奇巧琳琅
一定会让你的眸子
为她倾情绽放
只要你愿意
不但能够采撷到

花儿一样美
蘑菇一样鲜
星星一样媚的
时新亮具
还可以抱回一轮
（多几轮也由你）
形肖神似
居家常伴的
明月

都说霁月难逢，彩虹易散
那都是从前的人无能的伤感
你信不信
明凯人让我
走进彩虹陶醉了一把
上海世博会
上海滨江大道
杭州国际机场航站楼道路
海口市东湖
张家港时代广场
安徒生公园
明凯人打造的
这些景观灯工程
让人坚信
天堂就在人间

当我惊鸿一瞥
蚀骨铭心之后
近日，我御风西行
神鹰将我空投进
山城重庆浓重的夜色
朝天门码头一带
长江、嘉陵江的交界处
两江三岸的七彩霓虹
把巴陵古郡的江风夜雾
调制成格外养眼的鸡尾酒
刷洗着游轮上千百双眸子
唤起众眸清炯炯
倾情绽放在巴山蜀水之间
灯光抖擞，夜色撩人
广厦明凯人
以神思为巨笔
科技配颜料
大地作画板
夜幕铺展台
描就一道又一道
永不凋谢的彩虹

2012.12.5

一座城市的生长

一

那一段岁月，走得又慢又长
几千年前的烟涛迷雾
锁住一座叫句无的小城
那是古越国的中枢
人们都愿意在他的身上
寻找今日东阳的胎记乳痕
就像认领失散多年的爱子
走进信史之后
洲义堰围护下的小城
尽管籍籍无名
却是东阳城铁定的前身
向东拓进的三十里路
他匍匐前行了几个世纪①
最后，在大盘山脉东岘峰下
扎根生长一个绵长的传奇
大盘山脉东岘峰下
秦砖汉瓦垒砌的岁月
清晰地标注出
一座名城的艰难诞生
生逢东汉末世
为祈求汉家天下的安宁
历史，给这座小城
取了一个好听的奶名——汉宁

魏蜀吴三足鼎立三柱擎天
汉宁依偎在
风光最为旖旎的孙吴襟怀
于是改称吴宁
唐垂拱二年
一个名叫武则天的奇女子
在乳肥了大唐江山的同时
把小小吴宁也牵扯成少年的模样
曾经涵盖瀫水以东北山之阳
那片名叫“东阳”的山水城郭
竟如此垂青
三山夹两盆
两盆涵两江的吴宁故土
不惜将辉煌绚烂悦耳铿锵的
“东阳”二字，拱手相让②
唐时风，今时雨
日月的锤炼，将“东阳”二字
打磨得越发光鲜
以致一千多年后，严济慈
一位从东阳走出的物理学家
念到“东阳”二字
总是豪情满怀，诗意勃发——
东阳东阳，东方太阳最早升起的地方
将东阳人浓得化不开的乡土情结
诠释得美爱无边
东阳城，从此
将太阳城、光明城的印象

随风潜入每一片听闻过
她的名字的有缘人的心田

二

公元 1986 年
我，一个土生土长于
东阳南乡边远山村的学子
在浙中那所师范院校
淬砺四年之后
走进东阳最好的学府
东阳中学任教　于是拥有了
日夜亲炙东阳县城的机缘
每逢周末
在那些单身悠游的轻巧时光
我喜欢以单车的两个轱辘作掌
触摸东阳城大街小巷的
每一寸肌肤
但不得不承认
在东阳芬芳的美名背后
我转匝不久的轮圈
很快就丈量出了
几千年的时光冲洗积淀
东阳城依然难脱
逼仄狭小的概念
东阳江的清流
在离城十里之外的乡间
寂寞地幽怨

县城脏腑之地的黉门前
巴掌大的一块空地
就是当时最为奢侈的广场
除了南街有点街的坦然
当我的脚步踏在
幽长细弱的东街西街
我似乎感受到
东街西街被人称为街的
瑟缩和慌乱
我所在的学校
门前有条新安街
胡乱的水泥地与残损的石板
铺就一地的惊悸
褊狭、倾斜、残破、暗黑
与一条胡同的小巧安详
都相差不可以道里计
我的学校，就在东阳小城
破衣烂衫的新安街上
两扇单薄简陋的铁门
围住东阳学子
土布衫包裹霉干菜滋养的
清苦和倔强

三

我的视线　从 1986 打量到 2013 年
眼眸中的东阳小城
如蛹化蝶

正一步步从黄毛丫头
走进女大十八变
1988 年 5 月　一个鲜花簇拥的月份
东阳县城完成了一次
现代意义上的华丽转身
撤县设市，东阳的骨架骤然舒展
东阳城开始以渐趋成熟的风韵
不断变幻迷人的风姿
当吴宁东路上
东阳新客站的雄姿
和候车厅内迎客松的壁画
日渐剥落成光荣的记忆
东西南北四个车站
便迅速站在日益拓宽的
城市四方迎送八方来客
第一条农民街振兴路的喧阗
第一条 40 米宽的人民路的惊叹
双岘路上广厦集团东阳总部大楼
矗立 23 层的崭新高度
东阳影城男女老少的勃勃兴致
城市心脏黉门新广场
日夜搏动的美丽心情
见证光荣，怀揣憧憬
当新世纪 6 月的阳光
抚临东阳新城
江北新区开发的号角劲吹
东阳江桥头

“走向世界”的雕塑
宣示新一代东阳人
众志成城铿锵前行
涉江采芙蓉——
江在城中
城在园中
楼在绿中
人在景中
花园新城的宏伟画卷
随世纪风徐徐展开

四

好风凭借力
东阳新城胁下生双翼
进入崛起腾飞的黄金时代
新的市政大厦
如巨人临江抒怀
左手揽起东阳教育的明珠
右手指顾东阳工艺的金字招牌
新东中的书声
新江北的心潮
和着时间的节律
和谐共振
中国木雕城的美轮美奂
让全世界都对东阳表示惊艳
恐龙列队以足为棰以地为鼓
东阳，这面亿万年前

就声震四野的大鼓
正与崇文重教
精工善艺
大气包容
创新图强完成最佳配器
共同奏响
中国梦东阳梦的华彩乐章

今天，请君试上岘峰望
东阳新城
名城清江两相欢
江南江北竞风流
高楼如笋拔地起
街市繁华人如流
高度，是城市实力的象征
广度，是城市活力的显现
美度，是城市魅力的炫示
东阳城，以前所未有的
高度广度和美度
彰显新世纪的绝代风华
如今，我以“别克君越”的自驾车
丈量东阳城崭新的形式和内容
自南山脚下而至江北高速入口
从雅溪水湄直达义乌界牌
常看常新日上日妍的城市风貌
一次次让我目炫神迷
因此，我一次又一次地相信

在东扩西联北进南拓中间靓的宏伟构想中
一座宜观宜赏宜居宜学宜游的
名叫东阳的浙中新城
将不断地拔节生长

注：

① 据史籍记载，吴宁古城最早位于今吴宁镇东二十七里之洲义堰附近。

② 东汉兴平二年（公元195年）孙策置汉宁县，为东阳建县之始。三国时改为吴宁县。宝鼎元年（公元266年）因郡在瀔水（今兰江）之东，金华山（北山）之阳，置东阳郡。唐垂拱二年（公元686年），义乌东故吴宁地置东阳县，此为东阳县名之始。

2013.11.15

水　问

一

地球，身上四分之三
覆盖着水
这颗水灵灵的星球
闪着蓝莹莹的光
茫茫太空中
最美丽的星球
人类梦想开始的地方
是水的滋养
让地球明眸善睐
地球的明眸一睁开
整个宇宙便醒来了

地球人对于水的感情
曾经山一样高海一样深
上善若水
他们用最崇高的语言
讴歌水的至美至善
柔情似水
他们把最深最真的情愫
描摹成水的意象
女儿是水做的骨肉

他们把世上最美妙的可人儿
想象成水的模样

逐水草而居
水草丰茂的去处
就是游牧民族漂泊旅程中
放牧希望收获温饱的驿站
农耕的族群
常常喜欢让一湾潺湲的溪流
萦绕古老的传说
当作茅房瓦屋的花边
城市的滥觞
大多属于江河的孕育
泰晤士河流淌伦敦的一地繁华
塞纳河挽起巴黎的万种风情
上海枕着黄浦江的涛声而息
杭州逐着钱塘江的浪头而起
……
水，是全人类的母亲

二

对于母亲，除了索取
更需要感恩和保护
再伟大的母亲
也不可能永远葆有丰满的乳房

和取之不尽的乳汁
光明一旦中了毒
便会变成黑暗
原本清明的水质
一旦被我们的轻慢伤害
就会衍生出一双黑手
将潘多拉的魔盒撬开
当潘多拉的魔盒一朝打开
地球上的山山水水
便集体惊悚失色

二十世纪末
两起惊天大骇变
相继在欧罗巴
广袤的疆域中发生
水体污染催生的噩梦
让全世界的眼神为之惊愕
1986 年 11 月 1 日深夜
浓黑的暮色中
瑞士巴塞尔市
一场猝不及防的巨大火灾
引爆一个化学品仓库
上千吨剧毒农药訇然狂奔
著名的国际河流莱茵河
花容失色

瞬间遭到剧毒的侵袭
约 160 公里范围内
成群集队的鱼虾
在惊惶中突围无望
纷纷倒毙
约 480 公里范围内
井水因毒素的麇集
造成与人类唇吻的生死对立
2000 年 1 月底
一个大型污水处理池的裂口
1 万多立方米的重金属污水
如脱缰的猛兽直扑多瑙河
将蓝色多瑙河如歌的行板
变为如泣如诉的悲咽

三

都说前车之覆，后车之鉴
但是，在致富路上
埋头拉车拉得太快太猛的人们
对前车的倾覆视而不见
对水的敬畏一度被弃掷在
遗忘的角落
浙江，一个枕山倚水的省份
既有山色葱茏涤心明目的诗意
又有面向大海春暖花开的画情

那一条条时或在山间谷地出没
时或在沃野平畴蜿蜒的溪流江河
像一支又一支山歌菱曲
千百年来，在丘陵沟壑鱼米之乡
一路欢唱一路传情

改革开放的天时
山水形胜的地利
上下一心的人和
让浙江在新时期的奋进号角中
迅速脱颖而出
乡镇企业的大军
从无到有由小到大自弱变强
将浙江的金质名片
打造得格外的锃光发亮
国际商城皮革城
五金城木雕城
无数的特色经济城
时雨催花百花争艳
将浙江的容颜装扮得
分外的姹紫嫣红
高楼大厦如雨后春笋
拔地而起挨挨挤挤
让浙江的富足指数
以亘古未有的速度

缩短与天堂的距离
在让人惊艳的
浙江高度和浙江速度背后
我们对大地的感恩和膜拜
虔诚度却在锐减

雨果说，下水道是城市的良心
我们过于看重地表上的
光鲜亮丽，却一再忘了
地底下的畅达和健全
2013 年 10 月的余姚
遭遇新中国成立以来
最严重的水灾
余姚水灾提醒人们
古老的叮咛不能无时或忘
人无远虑，必有近忧

工矿企业的勃兴
如巨龙饮水，吸摄着
地表及地底的一切可用水
搬进高大明敞华屋的人们
对水的需求
随众多水龙头的拧开
而哗哗作纷奢的喧响
在水资源遭无节制挥霍的同时

水污染的毒蘑菇
也在浙江大地潜滋暗长
工矿企业的废水污水
无规则任意排放
如一条条失控的毒龙
在城市和乡村四处流窜

华屋之内饱暖之后
人类将自己的身体发肤
收拾得史无前例的清洁芳香
人类将自己的居室厨房
整治得前所未有的光洁亮滑
乱花迷人的沐浴乳洗发液
花样翻新的洗面奶洗涤剂
不断开发的洗手液除臭粉
在芳香的气息凋谢以后
生活的污水发酵成
浊臭绝望的丑水
像一个又一个可怕的幽灵
在乡村的房前屋后
或城市的花前柳下
转悠徘徊数阵之后
便一头撞入溪流江河
加入助纣为虐的行列

生产和生活的垃圾
在无序生产和无节制消费中
呈加速度剧增
溪流江河原本灵动的水域
因为吸食进太多的垃圾
而加剧着肠梗阻和胃溃疡
多少在碧水中泡大童年的人士
面对浊流污水深深喟叹
永别了
那下河任意捉鱼捞虾的欢欣
永别了
那随心入池凫水击浪的惬意

四

痛而后悟，惊而方觉
面对日益恶化的城乡水环境
一向以聪明勤劳著称的浙江人
在蓦然回首的震惊之后
开始郑重反思曾经的重大失误
在拭去因袭的蒙昧之后
一个朴素的真理
凸显在人们的视野之中
水是
生产之基，生态之要，生命之源
对水的亵渎

无异于人类的自戕

2013年，浙江人
给自己打造出一个
全新的亲水平台
五水共治，浙江人攥紧了
昭示决心和行动的拳头
治污水是大拇指
防洪水、排涝水、保供水、抓节水
分别是其他四指
只有用强有力的拳头
才能打造出一个
山清水秀、和谐安康的世界
顺应民心的工程
就如春风化雨涓滴催绿
地不分南北
人不管老幼
汗雨与心潮
荡涤着家乡山水
经年累积的尘垢
治水基金的捐赠
经常透露爆棚的踊跃
挖土机的巨掌
在布满垃圾的溪泥河沙中
掏掘往昔的清流急湍

那一群群一队队的人们
下河入溪
清除着杂草收拾着垃圾
一俯一仰之间
流水欣然摄下
他们优美的身姿
雨水管道与污水管道
从此恪守井水不犯河水
让雨水尽情流入溪流江河
让污水俯首帖耳
乖乖走进污水处理池

人心齐，泰山移
古老的格言见证
当代浙江的力量
一年半载的努力
众志成城的壮举
彰显出群策群力的生动画卷
站在水边
人们的眉眼开始舒展起来了
走进水里
人们不再畏如蛇蝎诚惶诚恐了
为了让五水共治
免遭昙花一现的笑柄
在劫难中变得睿智的浙江人

建造起长效机制的坚实堤坝

明确问责的河长制
定人定岗的保洁员制
奖惩结合的双轨制
每周监测水质的高频度
新闻媒体跟进曝光的监督权
多管齐下立体交叉
将水患关进
使之驯服的铁笼子
一个美好的愿景
正在人们的心头酝酿
在不久的将来
浙江的任一溪流江河
都可以用健康的躯体
拥抱前来嬉水踏浪的人们
当鱼水之欢的美丽心情
像长春花一样开放
我们的生活
必定会如蜜里调油般甘甜滋润

2014.8.25

东阳巡礼组诗五首

——为“世界东阳人发展大会”命制

其一：恐龙之乡

这块土地，春秋得不一般
土墩墓耸起古朴奇特的造型
宣示氤氲久远的人文气象
挖掘机俯首探进地底
不时捧出史前洪荒之力的喧响
东阳龙昂起举世瞩目的头颅
屡屡触摸东方天空初升的霞光

其二：木雕之都

用最东方的以简驭繁之道
一柄斧会同一把凿
敲击时光，雕镂传说和世相
让枯木渗透进魂魄和梦想
在东阳，平凡的木头会唱歌
在案头，在屋檐，在高墙
声振屋宇余音绕梁
东阳神雕，锦心绣手
将五洲风云都可以
雕琢成幸福的花儿模样

其三：影视之城

道法自然，当天地合力
锻铸出八面山的奇观
八面山脚的人们便感应到
天行健自强不息的刚强力量
八面山，从大无到大有
山下人，学会了白手起家
在没有春天的季节培育春意
在缺乏风景的地方经营景观
东阳人，是最佳编剧和导演
数十年的拍摄剪辑打磨
一部名叫东方好莱坞的巨片
正斩获全球最高的收视率

其四：教育之乡

歌山画水钟灵毓秀的地方
从来没有人怀疑过东阳人的智商
更难得的是，土布衫霉干菜
多少年来如巨大的磨刀石
将东阳学子的情商磨砺得锃亮
所以东阳的教育既有
各色人才遍布全球的广度
又有“墨子号”量子通信卫星
翱翔升腾的崭新高度

其五：建筑之乡

把东阳的
广度、高度和美誉度
如此大规模地
种植到各种
经度和纬度
阳光所到之处
总有来自东阳的夸父
采集温暖
把风雨不动安如山
浇铸

2017.9.8

第六辑

校园春秋

晨　读

就是那一枚铜锣
那枚被晨光
击响过亿万年的铜锣
而今依然一次又一次
撞沸一波又一波
青春热血
用书声淬砺过的清晨
光辉直指人心
玉兰花，作为
春天的排头兵
一路引领
于是花香集结鸟语
浩浩荡荡
攻陷一个又一个
蜷缩着萧索寒意的
残冬旧城

出　山

——写于暑假行将结束之际

傍晚，一场风雨
不期而至
牵牵缠缠
那些断枝残柯
吹洗一空后
明天一嘟噜一嘟噜
冒出的都应该是
十分年轻的蘑菇

而我，曾经的
山中高士
将数十天的清幽
喂肥之后
又得亲手把它宰杀
我必须还俗
再度与山下的稻菽为伍

2016.8.21

情深时分

——写于东阳中学 1993 届（3）班高中毕业二十周年同学会

情深时分
揭开二十年的佳酿
未饮已先醉
用情话下酒
酒如山间长流水
流经心田
开出的都是
最香最美的花
结出的都是
最甜最圆的瓜
赏过此花
尝过此瓜
明天各自天涯
便常有好梦
可供久久品咂

2016.7.30

谢史杰君同学二首

其一

你的情意
在南国的花丛中起飞
以日月作为模型
打造出如此芳香的月饼
分外甜蜜了
这个中秋

其二

中秋的月还没来得及圆
你的盛情已从南国满溢
从花城一直淌到
浙中的吴宁
那年年组团而来的
咀香园月饼和糕点
如点点白帆鼓风而来
我的臂弯
必须拓宽为海湾
才能接纳得下
愈涨愈高的中秋潮涌

注：东阳中学 1993 届毕业生史杰君，原为我班团支书，现在广东工作。每年的中秋，都给母校老师寄来精美的月饼、糕点。其情可感，赋诗感铭。

东中七咏

其一：《东阳马生序》碑石

明朝初年的那些事
簇新，一摆放便是
一座新辟的园林
敦厚勤勉的东阳马生
攒足了劲，把年轻的美名
开成一朵月季
一群文字，遂化作蜜蜂
围拥过来。最温情的那只
叫宋濂，一钟情
就长达 600 多年
酿出的蜜，香透了中国
甜美了历史的唇齿
最畅销的地方在东阳
一朵花与一只蜜蜂
共同演绎的传奇
一次又一次
被雏凤清音
读出绵厚的力量
如今，在东阳中学
更是矗立为
一面历久弥新的旗帜

其二：李政道题词石

（求实求真，惟善惟新。

——东阳中学校训，李政道题写。）

这块巨石，一蹲在
东阳中学南门口
就孵化了大群惊叹号
当李政道的手迹
嵌入它的肌理
又埋伏下一个谜团
巨石旁，两棵榔榆树
一个劲地摊开手掌
示意来客
请看这里，请看这里
东阳江滨树蓬子里
盛产一种鸟，叫百舌
一经撩拨，百舌鸟
好奇心便扑棱棱展翅
这些身着黑羽衣的探究者
站到石顶，摇头晃脑
咬文嚼字，声音
从春天的珠圆玉润
争论到冬天的枯涩喑哑
既非校友，又非嘉宾
鸟儿们始终闹不清

李政道与东阳中学
是层什么关系
直到有一天，那位
中国最年轻的院士
东中知名校友
从量子纠缠态里抽出身来
行经东中母校
一席话，揭秘了一个
众人关注已久的谜底
山登绝顶人为峰
树，长出足够高大的臂膀
就能触摸到梦中
永远够不着的
云霞和虹霓

附：

恩师许岳忠唱和之作：

东 中 赞

许岳忠

蟾院前聚折桂郎，
创建伟业动万方。
焚膏继晷有金灿，

旁搜远绍称慕光。
求真求实恒兀兀，
惟善惟新鹏翼张。
英才辈出赖园丁，
黉门传捷焕家邦。

其三：2012，那一片红豆杉林

（2012 年，值东阳中学百年华诞之际，北京校友捐赠了 100 棵红豆杉，种在东中“善学苑”内。100 棵红豆杉构成了一个 2012 的数字图案。）

第四纪冰川遗留下来
古老孑遗的珍贵树种
经新世纪的惠风化育
名校与奇树，在 2012 年
缔结起一段因缘
一百棵红豆杉
簇拥起的蓊蓊郁郁
足以涵泊得住
浓浓的孺慕意反哺情
东中，一百年的风云岁月
由一百棵红豆杉装订成
立体的册页，在大地上展出
在自然条件下生长缓慢的红豆杉
又将沉稳与静气

徐徐注入东中下一个百年
十年树木百年树人
两条线索双线交织的
崭新教育叙事
正耐心细致地娓娓陈述

其四：百年校友名录墙

（2012 年东阳中学百年庆典，东中八五届校友捐资兴建了“东中校友名录文化长廊”。）

如果你已经永久地躺下了
亲爱的校友
现在，母校让你的姓名
站了起来，接受众多目光
时常的拂拭
如果你已经华发苍颜
母校找到了一种保鲜术
让所有的校友重归
年轻的方队，青春接力一批又一批
从最南边的 1917 年旧制第一届
到最北头的 2012 届
全部集结接受历史检阅
百年校友名录墙前
最动容的常常是

那些颤巍巍的身影
他们如同一道
行将干涸的小溪
突然扑进水量丰沛的河流
一种投身和融合的幸福
迅速蔓延四周
远游他方一去经年的东中人
一旦面对百年校友名录墙
总是恍然置身于
一道开启的闸门之前
珍贵的记忆决闸汹涌而来
同学少年的峥嵘气象
顷刻随水落而石出
而依然守候在校园中的
那些年华最水灵的学子
行经百年校友名录墙时
常常思考着的一定是
当我的名字刻进墙体
该如何让她熠熠生辉

其五：醉文榭

眼镜塘中，崛起
一座醉文榭
月槛与风榭
让给迁客骚人

流连醉吟
你只愿静守
满窗灯火，护读
悦纳晨诵，让书声
点破你的寂寞
四壁虚空了无一物
却是一颗七窍玲珑心
春天连翘舞动的蓬勃
夏日紫薇渲染的热烈
金风丹桂洋溢的馥郁
白雪簇拥的轻舞纷扬
每一页，你都细细读过
被醉文榭深情拥揽过
东中人无论走到哪里
心里的风景
永远不会残篇缺页

其六：樱花树下

南大门边，谢别林妹妹
噢，谢别林妹妹一般
娇弱的早樱，不久
我们便移师济慈楼后
那片茂密的晚樱林中
继续青春 Party
在一次又一次坚持住

课堂中的正襟危坐后
我们更喜欢樱花林下
石桌石椅或坐或卧
随物赋形的放浪形骸
八宝攒珠复瓣的晚樱哪
史湘云一样粉嘟嘟大咧咧
感染得我们的笑闹
也格外张扬恣肆，激荡得
落红满径，我们也无须
持酒劝斜阳，有那么多的
日出，供我们鲜花着锦
且让青春摊开册页
你我尽情着笔挥洒

其七：东中三星

严济慈金佛庄王惕吾
文才和武略
人文与科技
你们独拥其好各执所长
在华夏的土地上
耕作了一辈子
既然已经退隐母校
请脱下主义的蓑衣
像个闲适的农人
在东中花木的葳蕤中

促膝而谈吧
你们会发现
你们的唠嗑
清泉一样迷人
一双又一双年轻的耳朵
从你们的身旁经过
不断接受漂洗
心神日见清明
从此身影愈发矫健
东中三星
光芒一次又一次熠耀
这片校园因此
满盈丰收的喜悦

2016.5

西部送教十日

——谨以此诗献给与我同到青海送教十日的诸位同仁

中秋节的明月和教师节的太阳
比邻而居。脚踏日月二轮
怀揣南国饱满真诚的种子
踏上牧歌与苍凉共生的青海
做一名虔诚的播种者
我原本水灵的唇吻
因为前所未有的干旱
而呈杜鹃啼血的嘶鸣
但荆棘鸟一般的执着
让我的声带
依然发出与大漠之风
合上节拍的和弦
在海西州，且歌且吟且播且种
西部的大块文章
在我的汗水行经之处
字里行间，让来者审读
那萌发的一抹新绿
那爆裂的一点花苞

2014.9

兰州行组诗二首

其一：抵达

兰州第一天
在秋季的末梢
第一次
以垂直俯冲的方式
穿透暮色
扑进这座城市
这座全国唯一
黄河穿城而过的城市
对于黄河的孺慕
注定伴我终生了
在古人已称老夫的
半百之龄上
我还是执意将睡眠
安放在黄河的身边
有母亲的鼾声陪伴
兰州的第一夜
格外安宁

其二：联手

——写在东阳中学、兰州十八中结对合作授牌之际

一块木牌
见证西北名校与江南名校
合作办学的崭新征程
此刻，风马牛不相及的老旧黄历
被轻轻揭去
渭北春树与江东暮云
各自伸出的渴望之手
久久地握在一起
从此，西北风里
将时时泛起
杏花春雨江南的绿意
而习惯用红牙板点拨的
江南满庭芳，将嫁接进
铁绰板铜琵琶的混响
阳刚与阴柔联姻
就是日精与月华的交合
日月经行，阳光雨露共享
江南与北国
虽分栽两处
联手共建的园圃
茁长的是新生代
优质花木

2015.11.8

你不优秀，我不答应

——致我的高三（1）、高三（2）班学生

积攒了多少年的缘分
你我走到了一起
你的年华
已出脱得如此青春
而我，依然葆有
春风的激情
2016，金猴护驾
玉宇澄清的年份
你应该是凌云直上的风筝
所以，亲爱的
你不优秀，我不答应

2016.2.13

一切就绪

——东阳中学承办全国创新作文大赛复赛活动感怀

窠已筑就
单等你的啼鸣
弓已饱满
就等你的神矢
路也铺好
在等你的疾驰
人间最美的四月
金丽衢三地
一千多位写手
青春与才情
如此大规模在此集结
为这一天
我等你好久了
明天，最迷人的天气
我负责
最尽情地绽放
你来做

竹的方阵

——金华市特级教师师徒结对现场会志感

一份缘
让我们扎根在同一块土地
一种命
令我们的职业
必须如竹鞭
首先学会
在地底隐忍匍匐前行

岁月，及早拔节
让我先于你们
跻身竹的行列
你们也已拱土冒尖了啊
一旦脱去身上的羽衣
你们的线条
将更加清丽刚劲
我们，将以竹子的方阵登场
静默中，涵养几分气度
风雨时，照样摇曳歌吟

2014.12.6

成长如蜕

短笛无腔信口吹的童年
轻舞飞扬　一去如风
你日渐厚实的肩膀
开始负载沉甸甸的责任
成长如蜕啊
每一步的跋涉都需要
更多的谨慎和认真
请别只惊慕于
挣脱笋箨一路豪歌的新竹
当初它在地底奔突的艰难苦恨
你可曾想见

2012.11.15

温州学生

上个世纪八九十年代，不少温州学子，慕东阳中学优良学风，进东中求学。温州学子心态阳光、礼貌特别周全，成为特色鲜明的群体。而今，二三十年过去了，温州学子的感恩之心、礼仪表现在时间的长河中显得特别鲜明突出。

你们脸上的笑容
总是如春暖花开
你们身上的劲头
永远坚实如皮绷满鼓面
作为老师，对你们的
重重敲打，不是一般地少
你们是从不记仇的鼓
至今嘭嘭，都是感恩的回应

那些年我们包车
去春游或者秋游
作为班主任，扶住钢管
站在车内看学生安全地坐
是一种满足
起身让老师就座的
常常是温州学生

尽管婉拒，老师心中
感动的涟漪
还是久久不愿散去

多年后，我到各个地方走
行踪一旦泄露
追着我拉着我问好请安
温州学子，蜜蜂一样殷情
让我恍然幸福成一朵花
温州学子，海水一样的簇拥
让我悠然快乐作一条鱼
终于弄明白
为什么温州人是顽强的种子
撒向哪里都能涌出绿意
为什么温州人是温暖的春风
吹向世界都是笑靥成花

2016.9.25

原来，你们都是潜伏着的花朵

——致吴刚、杨央平、何君、杜江平诸君

比山更远的是路
比路更倔的是脚步
年纪已成为
不饶人的岁月同谋
可跋涉竟成为
不由自主的积习
从来没有一条山道
比这回崎岖
从来没有一座高山
比这回更多寒意
从来没有像这一回
对下一个春天的距离
如此没有底气
山回路转拐角处
已准备好与萧瑟落寞
作一场困兽犹斗的零和博弈
蓦然间却发现
原来，你们都是潜伏着的花朵
让我相信向前跨出一步
就接近春晓花坞

2017.5.

送别李爱芬老师

三十年前
你就已经前辈的步履
忙碌地穿行在
我初出茅庐的视线中
而今，这片熟透的土地
再也搁不住
你 85 个春秋的重量
你一直习惯站着的女性形象
彻底地躺下来
成为一根扁平笔直的尺子
一丈量，猛然惊觉
我们共同的东阳中学
已增添了太多的陌生身影
而我的岁月
也已不容轻易挥霍

2016.12.4

大学毕业三十周年同学会咏叹调

老去的是时间，不老的是情怀
一年又一年，垒砌成三十年
岁月的高度。尽可放胆抒情表白
曾经加密的心曲，一一揭秘
那个当年最腼腆的男生
已能连续爆出煽情的玩笑
那个当年最冷艳的女生
如今常会笑意盈盈眉眼生辉
曾经追悔莫及的糗事
在笑谈中都变成趣闻
师生同学情谊，点点滴滴
一谈起都是如数家珍
三十年人生进行曲
荣辱得失，波峰浪谷
五十知天命，全化作笑语翻飞
谈够了笑够了喝够了
就想着要为母校做点什么
于是我们认养下一棵香樟树
一棵硕大的香樟树
为师大的夏日撑起一方绿阴
当我们将级徽
系向大香樟树的脖领

我们的大树，一阵幸福的悸动
竟引出一道彩虹描画树梢
天地人三才和谐共生
一定会有更多的祥瑞应运而出
我们标举起众擎易举的崭新宣言
集资九十多万人民币
设立中文八二级“励学践行基金”
想圈一个湖，一个茵梦湖
好去润泽师大的后起之秀
当我们的脚步迈向家的方向
我们的心一直眷念
母校三十年高歌猛进的旋律

2016.5.2

残酷的青春

青春逼近峡谷
红颜朝气聪慧
在绝壁开放
又迅速凋落
时光的河流
任落花漂流明灭
书堆积成山
命运陡峭成坡
手中的笔
成了西绪弗斯
臂上的石
峡谷外
迎候我的
是什么样的天

2016.2.20

深圳大学研修志感组诗二首

其一：赶海

生怕网离开水
就会被尘查封
因此，作为东阳的老渔夫
常常喜欢，为网与水
牵线搭桥
这回网的福大了
一张开，竟是海的因缘
深圳的鱼虾
格外丰盈活跳
天天赶海
纲举目张的忙活
不断收获
一个学员的富足
和一位教师的荣耀

其二：北归

海运徙于南溟
在深圳，停泊五日
左一缕海风
右一把花雨
鲜明了双翼

更生动了大鹏湾
怒而飞，抟扶摇而上
九万里风送我
一路北归
我的心啊在北方
北冥依然有鱼
那鱼已不再叫鲲
而叫故乡
天涯咫尺，我将归去
不再安分的翅膀
能否，将家乡的
一口口小池
掀动得风生水起

2015.8

第七辑

年节抒怀

背靠旧岁，面朝新年

树上的黄叶都让风删尽
生命的日志却从未搁笔
365 页的卷册合拢后
掂量起来总是
沉甸甸的万家忧乐
因为不相信
泪水洗过的眼眸会更清明
所以我总是祈祷
来年鲜花辉映笑意的风景
能像粮食那样高产
能如大海的蓝色那样丰盈
让美和爱的泉源永不枯竭
让仇和恨的种子不再发芽
新年的始发站
不要让寒意塞满行囊
愿开往春天的列车
阳光照临每一个兄弟姐妹的身影

2016.12.24

2016 年元旦前夜

这是 2015 年的最后一夜
不经意间
一台家庭晚会
油然诞生
就像一朵花
没有刻意守候
粲然开放
大哥操起二胡，最先抒情
琴声悠扬
焕发茂盛青春
二哥引吭高歌
声情点燃
一片惊叹的目光
最喜五岁三弟
一轮跆拳道，有板有眼
一跺脚，顿醒 2015 饱满的记忆
一踢腿，踹开 2016 憧憬遐想的闸门

2016年元旦

新年第一天，诗心萌动，早早拱破夜土
凌晨四点多，从新安街起步
将影子写到街上，让路灯见证
我抒情的轨迹。
几把扫帚挠痒，几声汽车呢喃
街巷睡意尚浓，不足以让它们
欠身挣脱灯影照拂
洒水车一路忙碌
着意洗出一个清新的早晨
我用脚步，完成老城与新区的对接
以蜡梅的姿势，面朝东方
种自己，在东阳江桥头
风中的小寒节令。远方迷蒙幽邃
不见霞光身影。天上半个月亮，她
却用眼神炯炯，知会我周身的暗香
对于新年第一轮朝阳，有足够的信心

老去的时光，永远的新年

阳光第一次登临地球
就发现时光
年纪已经不轻
阳光开始培育绿植
才让地球的容颜
一天比一天变得年轻
一棵树，越往上生长
就越会察觉
天空的苍老
我们的脚步
像落叶一样
一年又一年盖满路途
许多娃儿像丛林一般崛起
我们的脸面总有一天
像老树皮一样木讷
但心永远是挺立的老树
对于阳光充满感应
只要春来必然着花

2018 年元旦

除　夕

今夜除夕
我家的红灯笼
引领全家所有灯光
集体亮相
华灯温暖亮堂
绝对原创
却与你家的
出自同一个幸福色谱
只因为你我的灯光
都起源于
华夏的红火辉煌

年关，晚上 10 点开始的城市

年关，删削了爆竹烟花的喧响
晚上 10 点开始的城市
除了一些车辆，还在不停吟诵
必背的功课，众多街巷安静如纸
心情，在饱蘸了美酒之后
任性挥洒，笔走轻灵
我不讲任何章法的脚步
一路写去，都是自由体的好诗

2015.2.16

春 节

在中国农历
这棵大树的最高处
那颗最大最圆的果子
就叫春节
黄皮肤黑眼睛的种族
年年分享这枚硕果
只有在现在
一年比一年
甜透了心迷醉了意
永开不败的笑靥如花
让春风一路伴随祝福

悠

——和李晓春诗友

鸡年正月初一
阳光安然吐丝
将你的阳台
织成一个
温暖的茧
茶香书影间
你蛹一样悠着
其实怀里正涌动
化茧成蝶的
破壁渴望

附：

李晓春诗

大年初一
李晓春
丁酉第一天
阳光静好
一个人静静坐在阳台上
喝茶。读诗
天地间洋溢着
祥和
诗情

隔壁的
大公鸡，声声
唱颂着
大鸡（吉）大利
大红灯笼
点燃喜悦
春联贴上
笑脸
幸福扬帆
在
丁酉第一天

同学会

时间没有去哪里呀
这个灯火辉煌的夜晚
浓情已抚平了
时间的沟沟壑壑
毫不生分的戏谑
历久弥新的绰号
觥与筹一次又一次的
无缝对接
当美酒都已化作难老泉
昨天与今天
便二位一体
再也不分彼此

正月初八访诸暨斯宅千柱屋

走进老屋

仿佛走进那扇久违的家门

青砖黑瓦

累砌起祖辈父辈

纯朴厚实的渴望

最乡情的木板壁木门

围拢最稠密的

古中国好声音

元 宵

舍不得让年味轻易消散
于是在吃完除夕团圆饭后
隔上半个月再来一次闹腾撒欢
但新年总得描个句点
因此元宵的汤圆
都做成一个个句号模样
如果说新年是一坛美酒
过了元宵
我们又开始了
平平淡淡的酝酿阶段

中国年

最喜庆的日子
春联红灯大红包
红如火艳似霞
辐射开来
火了中国，醉了世界

最团圆的日子
家人亲戚师友
所有的脚步
围绕同一个圆心
画出人间大团圆
比中秋月更亮更明

也是最煎熬的时段
如果漂泊江湖羁旅孤馆
如果囊中羞涩贫寒交加
如果心存黑暗众叛亲离
如果以身试法人陷囹圄

2016.2.20

年 味 儿

爆竹停止了闹腾
烟花不再开放
年味儿就寡淡了吗
红灯笼照样煽情
超市里店铺中
不单砌满年货
人群川流笑意洋溢
佳节的气氛爆棚
年味儿是一种植物
喜欢长在
稠人广众的目光里
独乐乐不如与众乐乐
深居简出独守一隅
你的目光只是涓滴之水
浇灌不出茂盛的花草
走向街市汇入人潮
触摸阳光融入歌舞
或者亲友团坐把盏共话
如水汇潭挹舀不干
年味儿，得水则活
遇情更茂

扑　满

太多了，太满了
身旁的，远方的
这源源不断的惦记牵挂
如果我的心爆裂了
那也是扑满
摊满一桌的
都是对你的感谢和祝福

2015.2.19

年后，重新上班

抹布可以抹去假期的积尘
拂拭不去的是
重启劳作模式
心中油然泛起的
无奈慵懒长吁短叹

生活不是商店里的衣服
任由我们挑挑拣拣
工作也不是速配的爱情
想守就守想换就换
一行自有一行的规矩
就像夜深了总得睡
肚子饿了自然该吃饭

春天来了
会唱歌的昆虫
不可能迟迟蛰伏于冬眠
暖意浓了
能开花的草木
都知道尽情把美丽绽放

除非老旧淘汰了
从来没见过一列完好的火车
永远趴窝在停靠站
既然铁轨已铺设好前方
饱满的车头
就只顾思谋安全快捷地
抵达下一站

假　日

一滴雨，绷住檐头
久了，累了
渴望自由落体
晨风跑过来，下达通知
大地，已开放
并愿意接纳

于是便理直气壮
不理会空气的羡妒
淌进名正言顺的怀里
我不是消极的叹息
等我睡够了
一骨碌爬起
到天上的云里去找
有我的影子

天上，那凝脂白的海碗

把天上最完满的月
做成人间最相思的饼
掰一块，是苏东坡的
水调歌头但愿人长久
嚼一口，是李白的
床前明月光
众多中国的杯盏
都去承欢各色洋酒了
好在中秋之夜
我们还可以找到
天上那个最是
华夏凝脂白的海碗
满饮一晚亲情的琼浆

站在中秋的余韵里奢望

那么古老的长江水
都可以躺入黄河
全新的床
南水成功北调
谁能调转
列祖列宗
远去的背影

航天器接连升空
穿越的又岂止是
九重霄的灵霄宝殿
总是一问再问
何日可以
帮我接通
失联太久的祖父母
以及父亲的在天之灵

2016.9.17

中秋，谁把月亮弄丢了

是不是
从古到今
旷男怨女的泪
都到今夜涨潮
打翻了天上
那口月白色的巨缸
喷涌出
满目的黑与伤
让人间
泼墨地念和想

重阳节

今天是周末
周日的日历
被周二的课程塞满
山在远处兀自高着
我趴在秋的深处
无暇挖掘茱萸和黄菊
忙于掀翻一页又一页作业
批阅完一个完整的下午
又将去细细圈点
篇幅长长的秋夜

2016.10.9

第八辑

亲情存档

写给儿子组诗十首

其一：苦恋——非关风月

我是树，外冷心热
土地一样耐心
极慢极慢地生长
只为等你，幼小的脚步
一步步走向成熟

现在，你的步履
已青春勃发
心，却鞋跟一样冷硬
踩疼我的根须
一路远去，毫无顾忌

我拔地而起
向你消逝的方向
探身凝睇
风雨中倾倒的
不是我的躯干
而是一圈又一圈年轮
垒砌而成的
雷殛火烧的记忆

2015.11

其二：扳道

树长歪了
可能成为风景
人走歪了
常常成为祸害
因为喊不醒
一些冲向歪路的车头
他就去做扳道工
他说他扳不正
那些歪斜的车头
他就扳动道路
让道路来顺应
不按常理行走的车
许多原本要出轨的车
沿着他不断修正的路
终于抵达安全的站
人们说他劳碌命苦
他说他积了功德
值！

2015.11

其三：既然

孩子，既然你是梦
我们便甘愿作你的夜
黝黑的肌肤
是执拗的颜色

为你托举黎明圆梦的喷薄

孩子，既然你是箭
我们的决绝便冷硬成弓
绷紧一腔渴望
将你弹射到更高更远
以便射获命运的虬龙

孩子，既然你是瀑布
我们便兀立作肃穆的山崖
即便你纵跃之际遍体鳞伤
也一任你昂然而去
只问大海的去处

既然你是雄鹰，孩子
我们便让自己辽阔为长空
一如砺石铺展
为你磨砺强硬的翼翅
你可以挣脱我们的视线
我们却总是把你包裹在心里

2015.2.12

其四：绿荫深处

一旦春天失联
玉兰花、碧桃便收起了火炬
不再为你照明，孩子

六月的绿阴汹涌
浓郁如夜色。我们
只能站在林子外
不要说脚步，目光也不能
伴你前行。你得自己发光了
无论前方山水猛恶
还是风景宜人
你的身板虽然瘦小
好在，你的笑容依然坚定
来自卑微的泥土，要做
承重的砖，你比
富家或官家子弟
肯定要多些摔打，而窑火
我们希望，是凤凰涅槃的鼓动
闪光的路上，我们看到的
多半是汗珠子的熠耀
小草也可以抖擞起精神

2016.4.6

其五：你正走在无限可能之中

跨出这重门，你便
走进无限可能之中
翅膀的天敌，是鸟笼
十二年，一只蛰伏已久的鸟
动用所有风化的力量，摧毁
钢丝编制的笼栅，投入

没有被切割过的完整长空
东西南北中，跟着
心之所向，现在，你自在地飞
风中也有穿行的通道
雨里，更有鼓点，敲林打叶
给你自由，你会乐此不疲
山固然是山，水自然是水
烈日也无非是一场汗水的淋浴
而荆棘，完全可以花开，成桂冠
给你无限选择的可能，你的
梦想不再抠抠搜搜，战战兢兢
心，一旦解放，坦荡如沃野
赤橙黄绿青蓝紫
牛喧虫唱万籁有声，四季
各种色彩，织锦一样绵延
大地飞声，萦绕千千阕歌

2016.6.12

其六：路口

走着，走着就都到了路口
这一次再没有后退的权利了
连方向，也只有任别人选择
而你，被方向拽着
反抗远不如顺应
风在不断走动中学会飞
雨在不断哭泣中漾成湖

你的救赎来自日复一日的自省
把黑夜想通了就是白天
白天多记得认路
把脚步撒成种子
等到鲜花簇拥
你也许也会拥有一个
自主自在的春天

2016.6.25

其七：土土的话

教师节，我自己的节日
我送自己唯一的儿子
上大学。所有的期待
全装上了车
老包兄弟给我开的车
再多再重的情
跑在路上，包稳包好
我送一个儿子上学
无数的孩子
飘来微信红包祝福
如此红火的日子登程
儿子，你的路
该多亮堂有多亮堂

2016.9.10

其八：单飞

——写给走进大一的儿子

翅膀生来一左一右
当空气长大如水
身量抻直似舟
双翼就该伸展成桨
一只叫独立
一只唤飞翔
这么多年的历练
就为今天的腾空远翥
父母的双臂
不再是移动的枝丫
时刻准备着
一旦你累得瘦得
像一弓下弦月
我们就成为
迫不及待的窠
现在，你的天空太辽阔
我们为你
挡得住一阵风
也止不住一场雨
有朝霞，靠你自己采撷
是乌云，仗你自己去破解
如果有远方的花香
越陌度阡而来
我们认定
那是你为亲人

点燃了一炷心香
如果有隐隐的雷声滚过
我们总是高兴地想
一定是你
脚步学会了踏石有声

附：诗人二胡兄写给我儿的诗

弘毅兄弟

就是一把街巷里忧伤的胡琴
屋檐下的雨总也落个不停

淌过满腹的疑虑
当你吟唱累了劳动归来
你的世界或许就如秋日私语无限美好

就是一块被刀斧劈过的柴
阳光的味道涂你脸上

全身清清白白的沟壑
应是你温暖别人时火光的轨道
从此你路过的地方没有寒夜

或者就是你父亲的乡村母亲的欢笑
坐在门槛上听奶奶讲陈旧的故事

羞涩地去收割田野稻谷
满天喳喳的鸟儿满天喳喳的欢喜
你多么令人自豪，我的弘毅兄弟

2016.9.10

其九：闹秋

找对了时令，田野上
金秋的稻谷
骄傲地明黄着
桂花团团簇簇
兄弟姐妹成千上万
攒足了劲儿酝酿
日精月华因此醇美
天天氤氲飘漾
醉倒世间众生的香
木芙蓉经秋风一再漂洗
花貌玉肌眉眼若画
儿子，你也终于找到
自己钟情的舞台
于是小小的你
撑起大大的场

2016.10.18

其十：当风遇见水

儿子不再在我们眼前
我们便把自己

天天的期盼
砌成一座高台
跂而望之
心长大了，二胡的声音
开始成熟
流浪的二胡找到了舞台
就像风遇见了水
风生，自然水起
儿子，你的青春
合进旋律的节拍
丝弦就不再单薄
你瘦小的身影
跨进群像
从此父亲的诗句中
出现最多的
将是垒石成山的意象

2017.1.1

你终于来了

——祝贺外甥吴纯考入东阳中学

阳光一直在等
等候一棵小树的成长
你倔强地昂首
在今年的夏日里
终于玉树临风

青山一直在盼
盼望身边多一片波光
你年轻的清流
不断地挺进
终于拥有湖色山影

你上路了
得得的蹄声
让道路幸福得战栗
路愿意陪你
到达最有风景的远处

你起飞了
轻捷的翅膀
让白云为之鼓舞
长风已擦拭好碧空
飞翔不再需要犹疑

2017.6.23

依然清明

高三的假期，总是
残缺不全。下午两点
一场理科综合的考试
就把孩子偷闲的心眼
彻底堵死。目送孩子的身影
消失在校园的绿荫深处
搁浅在校门外的
是一对对孤独的父母
总不能让高三绑架了假期
我们的清明节，未完，待续
带上妻，带上这个总喜欢
宅在家里的贤妻良母
放任她出轨一回，让她
去赴春风的一场约会
让她跟油菜花一起春心荡漾
以便找回她
少女时代的雪腮红晕

2016.4

咱们自己的节日

既然是父亲了，咱就像个父亲
静默时像座山，豁达时似片海
父亲兄弟们，咱们的节日不招摇
如同一棵树，平心静气地站在
公历 6 月蛙声阵阵的青草池塘边
儿女们惦记，把我们的节日
闹腾得风生水起，咱就坦然接受
因为咱是父亲，有资格悦纳孝道
儿女们疏忽，也犯不着计较
把父亲节怨叹成闷气日
这不是咱爷们儿风格
如果儿女们忙着招呼
他们的生计，让父亲节搁浅
何妨老哥们一起来挥篙
让父亲节游进迷人的友情水域
能喝酒最好喝点，小酌怡情
舒筋活血，权当练了回气功太极
酒后驾车可不行，咱是父亲
这理儿可得懂，被逮住，丢不起
那老脸。虽说自古圣人不多
既然是父亲，在家庭这块责任田上
总得种出点让儿女点赞的货色

烟就戒了吧，让喉管变成烟囱
把胸肺熏得墨黑，别让咱的健康
结石成儿女的一块心病
父亲节，一个检阅成熟男人的日子
这一天，杨梅、桃子，枝头许多
水果都可以采摘了，咱就努力
让父亲这枚称号也成为佳果
叫生活去品尝，也能给咱说句
味道还真不错

致三位住院老人

那些树们老了，我们
总是越来越不忍心
最温饱富足的年代
有最强的能力，我们
杀菌补罅支撑输液
竭尽所能全力以赴
陪伴过祖先
庇佑着我们
和我们的子女
尊敬的老树们
虔诚地祝愿你们
风雨中依然无惧
霜雪中继续坚挺
何况是你们
我们至亲的老人
尽管生命不是夕阳
我们也不是
起死回生的山
正因为这样
我们选取了
最妥帖的床榻
砌成最安全的河床

好让你们的血液
像不息的江河
放心地流淌
我们的目光温绵如线
努力帮助一件
有些破损的衣裳
实现天衣无缝的梦想
我们的呵护
一直忠实似沟渠
守护着身边的田畴
哪里发生旱情
我们立刻明白
应该快速抵达的方向
我们拼命攥紧
你们满手的沧桑
为的是让
相守相伴的时光
不断地拉长拉长

2017.6.4

此夜，甚好

我佛在室
八十老母
安然入驻
顺便捎来一双
从乡下打拼进
外国语高中的侄女
今晚，一场不期而至的甘霖
将溽暑洗刷一空
秋凉似湖，好风如水
明月星星鱼跃而出
妻为 G20 安保值班
儿与同伴相约打球
唯我有余裕
一车满载老中青三代
抵达江滨公园
夜色如画
此夜甚好，晚风游弋
一路多情
我有充足的时间等候
母亲的蹒跚和蹒跚中
对于秋江明月夜的好奇探看
水晶宫似的房彩虹般的桥

更有龙舟队集训的欢喧
老母的笑意是
今晚最明亮的灯盏
此夜甚好，我有足够的能力
让一对侄女任选江滨游乐设施
乡村的局促和校园的封闭
今晚的城市之光
可以为她们打开一扇轩敞的窗

2016.8.13

元旦返乡志感

太阳，上了年纪，越发任性
把个三九天，烘成个小阳春
冬天，暖阳，元旦
我的八十老娘，暖阳一定
炊熟了她的思念，节日肯定
怂恿她，站在村口引颈翘望
前阵子给她捎去的红木拐杖
应该驯服得看门犬一样
忠诚守护着她的身影了吧
车子刚在村口停稳，老娘
就迎上前来。虽然步履蹒跚
好在那根拐杖助手，老娘走得
十分安全。冬天的阳光滋补啊
太阳下，老娘的白发亮得很是精神
问她身子有没有不舒服的地方
一句大半个冬天伤风感冒都没有上身
让我周身温暖舒坦，仿佛一大杯
乡色酒入胃润心。居家养老的设备
村里正在筹备，待到明年德政的光辉
沐临村居老人，愿舒心的日子
在母亲的晚年
瓜
瓞
绵
绵

2015 年元旦

拐 杖

老娘倔强
挺进八十之域
兀自上街下市
脚步踩出
儿女一地欣慰的目光
八十老娘，汗水依然执拗
洒在自家的菜地
回到老家
母亲总是捧出
一大摞碧青脆嫩的骄傲
满满地塞进
我车后的行李箱里
在家细细品咂
母亲健旺的晚年
我总能咀嚼出
乡土蜜甜的滋味
总是以为，母亲是棵常青树
撑开满天永不凋谢的爱意
这次回到老家
是小雪之后
今年的冬天迟来
但真的来了

许多乔木都开始落叶
母亲说种不动菜蔬了
母亲移动的身影
开始像年久失修的钟摆
摇晃出迟滞浊重的叹息
三步一歇的母亲
我必须成为一根拐杖了
扶持起您
日益倾颓的桑榆暮景
但我又恨
不能完全成为
一根称职的拐杖
让母亲可以随时攥住
衰迈之年的希冀与渴盼
我只能在拐杖的丛林中
用心选择那根，最值得托付的
递进母亲的手心
为她接续一段真力
好让母亲，更久地
与趔趄危殆抗衡

回乡偶书

通往家门的路破损得紧
只有回家的渴望
永远残损不了
看见儿子回来
母亲的笑容开了
像夕阳中那朵
多皱褶的山茶花
日益陈旧下去的
是母亲开始
不断喊疼的腰腿
下次回家
一定带几盒
祛风止痛胶囊
这种药
帮我拔除了
多年的腰腿不适
想必也能
为八十有二的老母
接续一段真力

护　佛

在八面山脚不断往返
借一条宽宽的腰带
驯服腰椎间盘
时或的骚乱
家中的佛病倒
成了卧佛
一张床温柔地托举
沉重的时日
我来回地奔波
驮满祈祷
也包括侥幸

2017.9

劫·愈

自恒牙紧致完整地
填补满乳牙让出的空间
七十来年的侵蚀
一口牙如密实的石林
一个不倒
这样的老娘
即便这回
被两个冒失的月饼误伤
在吐与泻的两头中间
蜷缩床榻
我执拗地一次又一次
与这个清秋打赌
你可以轻易零落
某些黄叶
你不可能将
一棵老树
随便连根拔起
从不偷工减料
真心诚意垒起来的
八十多个年轮
多么厚实的盾牌
当老母手中的拐杖
再度戈戟一样
挺直身子
树顶的阳光
倾泻成满眼的瀑布
一如灿烂的笑声
把秋日的寒凉
烘成满腔的春意

2017.10.12

父 亲

与母亲磕磕绊绊一辈子
急性子惯了的父亲
十四年前，就撇下母亲和我们
独自匆匆上路
任我们泪水汹涌成河
也挡不住你固执孤往的脚步
好不容易将五儿一女
拉扯成人
你的晚年，原本可以消停些许了
可日夜喧响的麻将之声
将乡村纯朴的意境
揉搓得粉碎
你经年形成的争强好胜
已经成为一种巨大的惯性
推你深陷牌桌上的你损我伤
麻将桌上带回家的疲惫失落
时常引爆家人
一串又一串的数落责备
村里，一个藏污纳垢的赌窝
你曾经的勤劳与节俭
全被这个销金窟
碾磨成尘

在怨艾痛心的目光里
六十八岁那一年的正月
你突然把自己放倒在地
在与麻将霍然绝缘的同时
你也割断了对人世的眷恋
慢说六十八，就是活到八十六
也不再是传奇的当下
我每打量一次自己家中
走后那年才装修完毕的
宽敞居室。父亲
我就有一种无法言说的
痛苦愧疚溢满心胸
父亲，等我有了足够的空间
可以安顿你和母亲
相依期伴的晚年的时候
你却一下子湮没进
太早消逝的光阴
九头牛也拽你不回
每次走到你的坟前

课堂上滔滔不绝的我
常常只能一声叹息一腔幽怨
叹息于人死黄泉难扶起的无奈

叹息于亲情的电流
断电之后就再也无法充电
幽怨于你砸锅卖铁供养出
我这个家中唯一的大学生
正有条件好好报答你的恩情
你却残忍地加以拒绝

听说，今天是燃灯古佛寿辰
转发一个为父亲祝福的微信
就是一次爱的接力
转发一次，这一年
父亲就能得到神明庇佑
可是，这种幸运和权利
我已被彻底剥夺
我现在所能做的
只能是认真守护好
八十老娘宁静的黄昏
让夕阳走得慢一点
再慢一点

暴走妈妈（朗诵诗）

一

如今，有一种健身方式像花一样盛开
那就是甩开膀子，大步疾行
于是，有一个词语像风一样流传开来
那就是暴走　暴走　暴走
如果妈妈们加入暴走的行列
只是为了让身材更加地挺拔
如果妈妈们加入暴走的行列
只是为了让青春更久地留存
那么我们也会用欣赏和祝福的眼神
祝妈妈们永远亮丽永远年轻
但是，有一位母亲加入暴走一族
却不是为了美丽也不是为了青春
她的暴走是一种风雨中的持久煎熬
她的暴走是一种人性中的伟大牺牲
每天凌晨时分，她急急地上路
在晨曦中挥汗暴走 5 公里
每次夕阳西下，她又匆匆出门
在江堤上狠命暴走 10 华里
从春寒料峭的早春二月
一直走到秋风生寒的十月天
春去秋来暴走 200 多个清晨和黄昏

为的只是炼出一个健全的肝脏
献给自己被病魔折磨了 18 年的儿子
让我们深深记住
这位伟大的暴走妈妈的名字
她的名字叫——陈玉蓉

二

陈玉蓉的儿子叫叶海斌
大海的海，像大海一样宽阔的胸怀
文武之斌，文武双全的才能
海斌的名字，每一个笔画里
都溢满了陈玉蓉夫妇对儿子的无限期待
海斌的名字，每一次呼唤中
都饱含着陈玉蓉夫妇对未来的美好憧憬
看着小海斌像青青树苗一样地成长向上
陈玉蓉的脸上总是绽放着
永不熄灭的阳光一样的笑容
可是天有不测风云哪
就在小海斌 13 岁那一年
海斌突然变得说话结巴走路歪斜
一种叫肝豆状核病变的病症
让小海斌的肝脏从此跟健康无缘
如果肝脏无法排泄体内产生的铜
过量的铜长期淤积在小海斌的体内
就会进一步影响中枢神经、体内脏器

最终可能导致死亡
面对死神伸向儿子的魔爪
陈玉蓉没有用泪水苦苦哀求上天
而是用母爱的坚韧和倔强
跟死神拼一场生死拔河的较量

三

2005 年 8 月 5 日深夜
睡梦中的陈玉蓉被一阵呕吐声惊醒，
当她打开电灯，客厅里的一大摊血
深深地刺痛了她的眼睛
那是儿子肝硬化后喷溅而出的鲜血
将整个客厅涂抹得触目惊心
当陈玉蓉夫妇将海斌送进医院
医生告诉她们，海斌需要做肝脏移植手术
否则很难说还能活多少天
但 30 多万元的异体移植费
像一座沉重的大山压垮了
陈玉蓉家微弱的经济承受能力
陈玉蓉夫妇只能暂且选择
让儿子接受护肝保守治疗
在给儿子进行护肝保守治疗的过程中
陈玉蓉一个人付出的努力
十倍甚至百倍于寻常母亲
母爱的力量汇成一条巨大的爱河

让彼岸的死神望而却步
14 年哪，陈玉蓉的精心照料
像雨露滋润干渴的大地
大地变得生机盈盈
病情大为好转的海滨
竟能像常人一样的结婚生子
海滨给父母娶进一房娇美的媳妇
当上婆婆不久的陈玉蓉
又在孙儿的欢叫声中
品尝到了做奶奶的甜蜜温馨
但是噩运却总像个纠缠不休的老巫婆
2008 年 12 月 14 日夜里
噩运再次扑进陈玉蓉的家里
海斌又一次地大吐血
再也不能依靠保守治疗了
海斌的肝脏除了移植
已没有任何别的办法可以救治
母爱的熔炉将陈玉蓉
锻铸成了伟大的勇士
为了儿子
陈玉蓉甘愿将自己的肝脏献出

四

但是，陈玉蓉的满怀爱意和勇气
却又遭到命运的又一次大折磨

她那被撕裂的心灵伤口
又被塞进了一把盐
医院的医疗仪器检测显示
陈玉蓉患有重度脂肪肝
不具备肝脏捐赠的能力
一条唯一可以救治儿子的路
难道就这样被掐断吗?
陈玉蓉一千个不甘心,一万个不愿意
她苦苦哀求医生给她指个办法
医生说:除了减肥没有别的法子
救子心切,陈玉蓉想快速减肥
但医生再三叮嘱
不能乱吃药,运动也不能太过剧烈
吃药不行,跑步不成,那怎么瘦身?
对,暴走,只有暴走
才能换来医生的同意
才能换来可以奉献的身体
于是陈玉蓉选择了暴走
这一年,儿子 31 岁,陈玉蓉 55 岁

五

从此,武汉市江岸区谌家矶防洪堤坝上
从春到秋的每一个早晨和黄昏
都暴走着一位 55 岁的母亲
这位暴走了 200 多个早晨和黄昏的妈妈

曾经招惹过多少怪异的目光和奇特的议论
不，还不止这些
7 月的一天夜里，堤坝上出了车祸
一位经常在堤坝上散步的中年妇女
不幸被摩托车撞伤死去
从此以后的好长一段时间
晚上再无人敢到坝上走路
唯独陈玉蓉夜夜上坝暴走
夜色中陈玉蓉来去匆匆的脚步
展现出一位大爱母亲掷地有声的表白：
“什么鬼我都不怕
对于一个女人
还有什么比失去孩子更可怕！”
母爱的光芒驱散了黑暗的恐惧
在 400 多次每次 5 公里的暴走期间
陈玉蓉每餐只吃半个拳头大小的饭团
每餐只吃不放一点油星的水煮青菜
有时实在憋得慌
夹块肉送到嘴边
但陈玉蓉又把它塞回碗里
有时实在太饿了
控制不住吃两块饼干
吃进去的是饼干
吐出来的是陈玉蓉十二分的自责
她说：

“有时我也感觉看不到尽头，想放弃。
但我坚信：只要我少吃一口饭、多走一步路
离救儿子的那天就会近一点。”
母爱的坚韧
将怪异的目光变成了理解的眼神
母爱的博大
让敬佩的称赞替代了奇特的议论
母爱的深沉
把每一个目击者都卷进了感动的洪流
命运终于松了口
陈玉蓉可以有所保留地献出
她那减去脂肪却装满爱意的肝脏

六

肝脏移植手术前的常规检查中
叶海斌又被查出患有丙肝
如果贸然进行肝脏移植
叶海斌留在体内的部分肝脏
就会把丙肝病毒传染到
即将移植过来的母亲的肝脏
再次导致肝硬化
最终浪费母亲的肝脏。
基于这个原因
叶海斌的肝脏必须全部切除
而陈玉蓉就需要

切除1/2甚至更多的肝脏给儿子
陈玉蓉没有任何犹豫
就毅然走进了手术室
2009年11月3日
母亲陈玉蓉接受了肝脏割离手术
儿子叶海斌接受了肝脏移植手术
母爱无疆啊
母爱的暖流
给儿子的生命注进了强大的活力
母爱的暖流
温暖了整个中国
当陈玉蓉站在
2009年"感动中国人物"颁奖台上
主持人的一曲颁奖词
说出了亿万观众共同的崇敬心声：

这是一场命运的马拉松。她忍住饥饿和疲倦，不敢停住脚步。上苍用疾病考验人类的亲情，她就舍出血肉，付出艰辛，守住信心。她是母亲，她一定要赢，她的脚步为人们丈量出一份伟大的亲情。

初稿：2010年9月21日
完稿：2010年9月25日

第九辑

人物写真

秋词——参谒辛弃疾祠

秋风将一树又一树叶子
翻动得哗哗作响
搜寻最倔强的几枚
竖作霜剑丛中
猎猎招摇的旗帜
我咀嚼完一阕又一阕
豪放派宋词
让自己逐渐强悍起来
以便有足够的胆色贴近
醉里依然挑灯看剑的那个身影
驰驱几千里，安放好疲累
当大明湖刚刚贮满晨曦
我轻放脚步进入你的寂寞清冷
纪念馆中除了喜鹊麻雀的喧阗
只有你我互相打量的身形
我髀肉早生平生忙于稻粱谋
你依然清瘦如线装书
苦吟万字平戎策
在匆匆过客全都散尽之后
你的欣慰也许就是
一腔雄豪打铸出
那颗铿锵之心
足以与时间抗衡

2016.11.3

残阳如血

——一位九秩老人的絮语

1943年，我20岁
在中国大地
猩红张狂了多年
那面太阳旗
已日暮途穷
冷不防，旗上那一滴
如血的夕阳
盯上了我身边
圣洁的白围巾
被蹂躏的白围巾
暴露在乱世
滚滚红尘之中
那血红的芒刺
把我的视线
刺伤了一辈子

我与记忆
僵持不下
他攫住我始终不放
日子从此倾覆
打点起复仇行囊
我从畏血之族

迈进嗜血之伍
不得不提到
在敌寇的血肉丛中
我长成了一棵邪艳的红莲
当三色堇精灵的鬼脸
萎蔫于火烫的夏风
我吸食着狂虏的元气
胸胆开张
而今，七十二场秋雨
把我打成一茎枯荷
我的根系
依然残存
难以洗尽的血色

种　子

——致诗人、儿童文学作家韦苇先生

一粒好的种子，就是
一枝好箭，贫瘠的土地
也愿绷成一张良弓
为他发射出
让人仰视的生命高度
母亲是文盲，父亲高小毕业
你却成了儿童文学领域
世界级大师
从东阳到上海
完成乡村纯朴
与都市智慧的嫁接
由上海抵昆明
这一去就是二十二年
四十六圈年轮
撑起春城一棵大树
满树的鸟儿
都化作美誉
纷纷飞向故土
难却家乡的盛情邀约
一棵几十年树龄的大树
愉快地接受移栽
毫无水土不服的隔膜

迅速在尖峰山下
儿童文学园地里
展根舒枝散叶。你的著作
如芝麻开花节节高
你的诗趣童心却如人参果
年轻着读者也驻颜着自己
八十二岁的履历，却迈着
二十八岁的步履
你的名片童趣扑面
头像是骑扫把的卡通老顽童
住处叫阿拉所
邮箱名伊咩儿
电话唤泰利风
现在，你依然天天忙碌成
一尊剪影，书稿合同总在
盯牢你生无所息的时间
你说你的从小学一直到
大学的同学，要么一躺下
就再也顾不得与你打招呼
要么一坐下就研究养生之道
唯独你，运指成风
喜欢做一名永远的
电脑操盘手。只要这世界需要
你就源源不断地输出
体内的光和热

微笑天使杨佩

微信中，中国梦想秀的触屏
轻轻一点，你夏荷一样的笑容
立时将午后尚存的睡意洗濯一净
暑热，被一阵清风刮跑
风雨中，那棵被雷电击中
断枝残柯的幼树
花朵还是这样完好，那么明艳
噢，你胜似树，你是年轻的河
沉淀下所有痛苦的泥沙
始终前行倔强的涛濑
为你鼓掌的不仅是岸边的水草
为你点头的不止是水中的礁石
连天地都为你动容
你看，满天的甘霖为你助力
你丰满的流量不断滋润
熟悉的陌生的辽阔视野

2016.7.6

致敬环卫工人

春天，我们的视线
总是缠绵于良辰美景
而他们的眼神
习惯聚焦脏乱的场景
我们的相机，忙着俘获
红红翠翠莺莺燕燕
他们的双手，奋力剿杀
杂草与垃圾的联盟
炎夏清晨，当我们还在空调房内
继续孵化意犹未尽的温馨梦境
他们却在，热浪洗劫过的街巷
让汗水汹涌成河，清洗城市的脸面
深秋风中，满树黄叶
飞成满天的蝴蝶
诗意坠落地面，顷刻蜕变成
他们无尽的烦恼
当垃圾车驮尽秋日三千烦恼之后
他们的车却拉回了
满满当当的冬日寒风
他们的那把扫帚
即便三九严寒，也总是早醒
冬季凌晨，他们扫出满地曙色

却扫不走那种冰冷
环卫工人，与严寒一起越冬
还没来得及安顿好冻疮
就思谋着，怎样拿一条清洁的路
接回春天
春夏秋冬，一年四季
他们憨厚的面容，是一把熨斗
熨平着那些粗糙的灵魂
他们忙碌的身影
就是一群不知疲倦的标点
在城市日新月异的稿纸上
不断抒写“美加净”的同题散文
走在他们精心呵护的路面上
我总是不忍心，落下
哪怕只是一小片
增加他们弯腰俯身频度的艰辛

送别写梦的女孩

当年，在《少年文艺》上
你的一首《写梦的女孩》
像一朵亭亭的红荷
曾怎样的惊艳于
我的记忆之池
朝起暮落，四千多次的升降
十余年的时光淘洗
你梦里的幽香
依然如永不褪色的旗帜
在我的人生丘丘壑壑
鲜明飘扬
豆蔻梢头好梦如水的年华
你青春活跃在我的班级
学业的起跑线上
你一度徘徊在人流末梢
倔强如一的目光
催生你永不言弃的梦想
梦想与现实的交接
日益趋近的时刻
突如其来的一场心肌炎
又把你打入成绩曲线的谷底
时乖运蹇的高考

让你写梦的笔触陡然滞重
你铸笔为犁　艰难挺进
耕耘出属于自己的
一片小小田地
你与母亲一起创办幼儿园
以爱的梦想浇灌心的幼苗
梦想花开的声音刚刚传来
一场癌症遽然掳走了
你一路并肩携手的母亲
从此你娇小的身躯
扛起梦想所有的重量
继续上路前行
你有太多太沉太重的梦
有了幼儿园这片培植梦想的田野
有了梦想接力的女儿
你又孵化着儿女成双的美梦
儿子呱呱坠地的冲天喜气
竟扯醒了蛰伏在你身上的血管瘤
你梦想的羽翼骤然折翅在
而立之年与不惑之岁间
那片灿若黄金
亦重如黄金的滩涂之中

汪凌——
曾经的写梦女孩
你与汪伦的距离
只相隔一个韵母
但我的诗笔无论如何
挥洒不起当年李白与汪伦
那样的潇洒别离
桃花潭水深千尺
辉映的是两颗
彼此鲜活的心灵之间
长相思永相忆的生趣与念想
而今，我喑哑的独语
只诉与风，只寄于雨
再也无法抵达
你梦想的边缘
而你梦的灰烬
只悄然无语
成千古的缄默

写于女弟子汪凌下葬后之第三天
2008.6.2

愈

——写给东阳市人民医院骨科副主任医师应月初

一条蛇，从我的右侧颈肩
经腰腿一直盘踞到右脚拇指
如此经年，咬疼了不知多少个
朝夕晨昏。我请了一个又一个
捕蛇者，在身体的地表和沟壑内
抓捕，毒蛇蛰伏过几天
又逢春惊醒。我又让药汤
激荡洪流水漫金山，溺毙了
一张又一张日历，却始终不能
让潜伏的毒蛇窒息
我是奔着你的白发
以及白发下沧桑的眉眼而来的
我人大的病灶
一定会引你挥动众多的法器
谁知你不轻不重的几声询问
再加几下轻揉慢捏之后
就快速开出一张方子
我在满腹狐疑之中取走的
是区区三种十分轻便的药丸
碎裂一地的是对你厚厚的期许

时光，且信且疑
药丸一枚又一枚走进我的肠胃
腿脚竟空前地轻便起来
手臂与空气开始握手言欢
脚步与大地学会和谐相处
在驱离了毒蛇之后的芳草地上
我再次认读你丰富的从医阅历
敬意，如一股真气打通
任督二脉，流贯我的全身

良　医

瘙痒一度
在我的皮肤上作窝
名医院的拥挤
总是挤兑着
我短小的耐心
号称家有
祖传秘方的
私人诊所
高昂的药费
和满抱的
膏药药剂
让我的求医之途
经常半途而废
有些小花
名不见经传
却禀赋有
出奇的芳香
就像随意涉足
一个僻静的山谷
我信步走进
广福医院皮肤科
那位男医生

看上去挺年轻
我的脑海
闪现不出
年高德劭的成语
墙上却已挣得
好多面锦旗
年轻，对于医者
常常构成患者
对其医术的怀疑
医者仁术
暖面仁心良技
三位一体
如此良医
百中无一
难得眼前
这位胡医生
即之也温
叩之以疾
诊治快准
低廉的药价
甚少的药物
且服且搽

一块神奇的橡皮
数年的皮肤疾患
上帝狠心
写下的错别字
两三天光景
就被擦拭得
一干二净
光滑如初的皮肤
轻轻摩挲
思潮却如
花海随风涌动
遇上了良医
我就喜欢传扬
就像鸟儿
找到了春天
特别热爱歌唱
且让我大声地报出
这位良医的名字
他姓胡，名深陆

2017.5.27

咱大东中之曹妈

——赠曹群英老师

我是一朵浮夸的喇叭花
炫耀在轻巧的树梢
你是一枚饱满而缄默的果
香甜久驻铭记的心头

多少条内陆河
流着流着就枯竭了
而你的流量永远丰沛
一路奔突找到了你的海

因为太多的风沙扑面
许多嗓子都已喑哑
而你是一把精工细作的琴
始终弹得出古谣新曲

注：

曹群英，女，东阳中学化学教师，资深班主任，历任高三班主任。其所带班级，上一本人数，总属年级数一数二，学生尊称其为“曹妈”。2017年高考，曹妈所带理科普通班全员上第一段分数线。

2017.6.23 深夜

咱大东中之张家高度

——赠张平父女

张家父女
在把东中的海拔
提高了几分之后
父亲继续留守
女儿奔赴上海
大上海的人流
极容易将青春淹没
有张家高度在
波峰就能拍出山响
你看那朵名叫
沁灵的浪花
标识性多强
跃起来那么高
荡开来这么绚

2017.6.22 凌晨

咱大东中之老黑和他的亮白千金

——赠郭益华、郭婧父女

老黑，我们的兄弟老黑
不是一般的黑
那可是青藏高原
好多年用紫外线
深深着过色的黑
这样的黑有煤的质地
老黑烧出一团火
火中跳出一只金凤凰
就是他的女儿郭婧
亮白的郭婧在领军班
那是年级最牛的班级
领军班像是
一口最肥沃的荷塘
郭婧已亭亭，如莲
不忧亦不惧
老黑有个好女儿
又有他独特的黑式幽默
他的黑嘴黄牙（烟熏的）一张
就能笑翻一屋弟子
男生地动山摇
女生花枝乱颤

2017.6.22

咱大东中之“平安”

满头的白发
惹恼我鼎盛的春秋
以文人的疏狂作刃
这一天，我霍然挥去
三千烦恼之丝
但我还是不敢
以贼亮的脑袋示人
帽子抑或发套
借此稍稍盖住
离经叛道的思想
在一次又一次
折腾和犹疑之后
在熟人和陌生人共同的
质询甚至哂笑的目光前
我不得不举械投诚
让染发剂继续荼毒日月
以便泯然众人
以免树大招风

不能不佩服你
一位数学教师
竟如此特立独行

你以数学的缜密
刨去每一根
细小的发茬
一年四季 365 天
你用白而发亮的精光头颅
晃耀出我们身边
可触可摸可赏可叹的
哥德巴赫猜想
利己而不损人
诡异却坦荡地
生活在自己的自由里
你以自铸的奇形盾牌
撞落一束又一束异样目光
圆脑袋黑眼镜斯文样
像歌手平安般自在阳光
出没在东中校园

2017.6.24

第十辑

嘤鸣友声

夜

与白天对峙了一整天
入夜，椅背撑持
疲惫的神情
花盆中落叶土，松软
催醒观音莲
水嫩的莲瓣
你的诗，如春茶新煮
投进我落寞的水杯
夜色不再温吞寡淡
茶让我兴奋失眠
你的诗，助我构想
完美的梦境

2015.5.30

观陈金彪先生治印

拣石为香
拈刀作火
捻燃一阴一阳
亦舍亦取
道的芬芳

从剔除间获得
在冲虚里拥有
石屑似雪飘落
心花如霞绽放
阴文阳文
叠次呈现
岁月风华
日臻充盈

士人入仕
别样情怀
如子厚、乐天
东坡、稼轩
文气幻化成莲
飘扬如旗
真撑持着善
雅抵御着俗

荷心亭长
沽之斋主
金石置材
慧心构桥
接通古韵雅意
无边的风月
蹑足职场之中
崛起美善之境

胜友如云
肝胆冰魄月魂
如兄如弟切磋琢磨
日复一日
在刀与石的呢喃中
吟成一阕又一阕
不老传奇

2012.1.10

注：

陈金彪先生别号荷心亭长、沽之斋主，曾为浙江师范大学芙蓉印社首任社长，现任东阳市书法家协会主席。

休止符

从遥远的北京出发
你一路的心跳，激动着
随铁轨的逶迤起伏
谱成一支还乡曲
重金属快节奏

杭州站，离东阳老家
一步之遥
一场雪，让所有的车
裹足不前
年关时节
一段意外，咫尺天涯
让你怨天尤人

天上云层已淡
太阳正酝酿出
欣慰的消息
杭州站，不过是
一个休止符
只要你的歌喉不喑哑
很快，休止符
就会滚动成车轮
小山村里
你熟悉的目光
已急切地等待
录入你的心曲

2016.2.2

逼　宫

——戏赠东阳市作协主席刘浪兄

就这样撇下我们
独自向西北，绝尘而去
我们的目光，集束攒射
都钉不住你疾疾的马蹄
告诉你，今夜有东南风
我们的心火已抱成团
马上向你发动火攻
当把你的伊犁特烤羊腿之流
焚烧一空
把你的高鼻深目胡家妹
惊退一地
看你在大漠旷野
敢不起莼鲈之思
能不作越女天下白之想

2015.2.8

清明，36年高中同学会

清明节，除了怀念先人
我们都开始关心彼此的年纪
有空就想念，总想一起聚聚
所以展刚，你的庄园
过了大园，还要进入木塘下
没关系，老同学的执着
即便机耕路，我们照样
摸进你的鸡鸣狗吠里
你的树绿，我们借一场春雨
给你灌溉。你的花开
我们请班里的美女彩萍
为你的花果山添彩
你的梅花鹿，被我们的目光
深情地抚摸过，于是中午的鹿茸酒
都不谦让，一杯接一杯
把阿弥陀佛的矫情，一口干了
午后，一不小心就睡着了
一醒来，怀里就抱满了
展刚庄主的土鸡蛋
那片湖光山色据说姓吕了
原来一眨眼已到南江之尾
吕忠兄家养的虬曲碗粗的紫藤前

晚餐席上，我们的恩师岳忠先生
豪情依然，酒到杯干
先生在，不敢言老
昨晚的陕西名酒西凤酒
格外上口，让南江清冽的水
谦卑地退让在一旁
36 年的师生同学情谊
让来自杭州的何新教授
从白天到晚上，一直
笑意不减。而我在醉乡里
发酵了一个晚上加一个上午
酝酿出这样一首
此情可待的铭记诗篇

入夜，穿越长街赴诗友之约

农历，早春二月
阳光一熄火，入夜
春寒便继续料峭起来
诗酒趁年华，况且，今晚
应诗友之约，想重新扯起
一面大旗，招摇又一度
诗歌的春暖花开
必须拿酒，以壮行色
妻儿不在家，独自斟酒
敬自己的诗心一杯
微醺之际，很适宜学魏晋名士
将脚步放养到路上，自由生长
到诗友之家，需要穿越一条长街
影子，一次又一次
被车轮碾碎，但阻挡不了
人行道上，我朝着既定方向
完整穿行。醉里看花皆绝色
酒水浸泡过的眼眸，对诱惑
格外钟情。美发店的灯光
那么魅惑，小吃店的色香
催生肚胞眼饥。最是佩戴
老凤祥珠宝的赵雅芝

永不凋谢的笑容，让我不由得
多看了几眼。但 7 点半之约
一直是根引线，提醒我
做一枚忠诚于蓝天的风筝
当我将一条长街摔向身后
跨进诗友家的大门
在嘲讽、逃离、背信流行病
疯行的时局下，几位诗友
坐在一起，支撑危局

2016.3.27

良 宵

风，在外面忙着传递
降温的消息
一群人，团坐在灯下
晤言一室说文谈诗
把早春的料峭
烘暖成三月的鲜花弄晴

如果在水中
我们一定是执意的莲花
总想把一池清波
渲染得明媚如画
总爱引一阵游鱼
摇头摆尾排列成诗

既然在地上
我们就学梅花鹿
把美与爱
全部披挂在身上
身影到处
就要点亮
所有的眼眸

如果在空中
我们必然是痴情的鸟儿
不用我们的歌吟
唱破天空的寂寞
羽翼就永远不会
轻易地合拢

昨夜醉吟

昨夜星辰昨夜风
缘恩堂中醉意浓
灯光，一直柔和地注目
吟友，经久不息地习练
把喉咙磨砺成声音的利器
以雅趣高致澡雪着精神
年龄老少的沟壑一一填平
性别差异的矜持纷纷卸落
我们是一群快乐的游鱼
在那条叫徐建峰的
大鱼引领之下
在声乐和美吟的海洋里
摇头摆尾自得其乐
打个哈欠竟然打开了
共鸣空间的暗门
模拟一阵咳嗽几句狗吠
欣然找到了发声支点
在笑声里悠游甫毕
又拐向程砚秋的哀婉幽咽
“怕流水”三字唱腔
我们用最大的嘴巴反复学唱
歌喉于是像在溪水漂洗一新

怕流水年华春去渺
一句念白加三字唱腔
仿佛有一双轻柔的手
把我们的气息捋顺加长
两个小时的集结歌吟
意犹未尽，回家路上
我们顾自咿咿呀呀
一路自哼自吟自唱

2016.10.9

为诗，冒雨踏勘将军殿农庄

春天，特别容易生长一种
叫做诗歌的作物
去年的四月天，我们
在浙江东阳横店
种下了第一茬中国好诗歌
今年，又是江南草长莺飞时节
春雨催播，中国好诗歌第二季
培秧已就，田野正春水盈盈
迎候秧苗纵横经纬大地诗情
我们之所以选择将军殿农庄
作为安顿诗友催发灵感的地点
是因为这里，真正看得见青山
望得到绿水，触摸得着乡愁
门前的笔架山，搁得住
任何一位诗人的如椽大笔
屋后的伏狮山，最能应和
诗会朗诵的满腔激情
左右两山，一似鼓一如钟
钟鼓齐鸣，这是兴会淋漓的节奏啊
叫人如何按捺得住
诗酒趁年华的腾蛟起凤
下午，诗会组委会七八同仁

冒雨踏勘诗会场地，为诗湿身
今晚，当着满桌乡情土味的特色菜
且借将军殿特备的
诸暨桐山烧高粱名酒
为中国好诗歌第二季的成功
浮一大白

2016.4

东方红水库同学会

白溪与青山
缠绵了千万年
柔情漾成
硕大的湖
泊过一轮又一轮朝日
才挣得一个嘉名
——东方红水库
一群唱着
东方红太阳升长大的
男男女女
在鸡年的正月里
来到东方红水库
就像山倒映在水里
童年的歌谣
全浮泛在岁月的河流中
奶奶养了两只鸡
什么鸡什么鸡
大母鸡和大公鸡
童谣与山不老
笑声就会
共水长流

牵　手

如果让你一直在远方
私密地流淌着
你一定可以流得
十分自在坦荡
可我要把你
引到江甸的腰身之间
你的清流激湍
一旦与芳草牵手
春江花月的岸芷汀兰
风中舞出的岂止是
晨曦中的诗与歌

不愿你独自开作
一支娴静的花朵
唯愿你喷涌成
一棵多情的树
牵手众多的花叶
牵手鸟雀的啁啾
阳光下热烈
月华中温柔
演绎一场又一场
昂扬与诚朴

复调呈现
春华秋实

也不愿你只是
幽谷中苗条的翠竹
只与苍松
诉说私房话
愿你有时是
天上的云峰
牵手一场豪雨
化作瀑布的訇鸣
让山岩林木
一起努力起来
山呼，谷应
天地动容
人心，过耳永铭

那天，我们一起接回真正的春天

——写给丁酉年东阳白溪上巳节

魏晋，林泉多高致
那些峨冠博带的身影
在山水间，纷纷萎谢之后
三月三，长安水边的丽人
也早已香消玉殒
春天，随轻袂款步远去
越来越多的车马
越来越快的速度
让眼睛越来越漂移
心，难以与春天对焦
春，于是跟不上人们的脚步
花红，不再勾留惊艳的明眸
柳绿，难以牵引多情的诗赋
真正的春天被流放到
自生自灭的国度
这一天，古时最流行
沐风行吟，咏而归的上巳
我们这一群
叫做迎春探春惜春爱春的人
在一条叫阿溪的淳朴乡流间

重新披挂起汉唐盛行的雅韵
用安步当车的款款方步
挨近春天的脸面
仔细打量春天的黛眉春山
轻嗅春天的吹气如兰
当我们把真正的春天接回来了
我们也成了画中人
让更多喜爱春天的人士
指顾称赏个没完没了

2017 年 3 月 28 日

放假了，一个赛一个忙

都说等放假了
一定多聚聚
可一到放假
一个赛一个忙
电话丁一甲二
一位在舟山
啤酒喂着海鲜
一位跑千岛湖
共美女嬉着碧水蓝天
微信张三李四
张正在我的脚底
隔着大半个地球
哈欠连天却没忘
吹嘘女婿陪他垂纶
钓起一轮得克萨斯落日
我在江南热地辣天
李四回我携眷北欧
淋雨冲风御寒图
王五赵六呢
不是忙着在泰国
与人妖共舞
就是在张家界

玻璃栈道上自虐自疯
平时晤言一室之内
都长吁短叹
世界太丰满
钱包太干瘪
一到放了假
放浪形骸起来
钱就像蜂桶里的蜂
飞起来源源不绝
终于明白了
现在为什么
很流行一个字：装。（嘻）
大家都喜欢
嘴里吃着肉
口里骂着娘
可惜了我的几篮子杨梅
奋不顾身投入荞麦烧
缠绵悱恻水火既济了数月
一坛子上好的爱情开封
竟邀不齐十双手
举杯痛饮共歌
殷红似血的凤凰传奇

2017.7.21

第十一辑

远足放歌

远　行

我的形体
已被种在
一个宿命的地方
不允许我作
轻易的挪移
那么就把我的灵魂
开放成花的姿态
香远益清
让来自灵魂的芳香
在月夜或者丽日
随风作一回又一回
潇洒的游弋
当有一天
我的果子
缀满了枝头
我不拒绝那些
攀摘的手
是一双又一双
手的接力
让我完成了
生命中的一次又一次
远行

春天，在临安看大明山雪树冰葩

时令走进三月的中旬
早以为
江南，冰雪的神话
在杨柳飘舞的嫩金软丝前
已彻底退潮
我们进山的憧憬
只缘于传闻中的
天梯石栈、飞泉流瀑
朱元璋曾屯兵数万的
千亩草甸
以及想象中
早开的山花
幽深的奇峰
导游图中标示的
大明山高山滑雪场
被我们满腹的狐疑
诠释作江南的背景上
一个突兀矫情的卖点
在对着游客
作着一种
挤眉弄眼的古怪煽情

极度弯曲的盘山公路
在把观光公交车

驾驶员的车技
渲染得淋漓尽致的同时
也把我们的视线撩拨得
无以复加的兴奋和惊奇
在路旁惊鸿一瞥的雪影中
我们预感到，环山丛中
一种神奇和惊艳
正在悄然酝酿

车轮的终点属于山腰平地
双脚的起点始于
满目银光的招引
与满怀惊喜的赞叹
雾凇的奇景
在前年的松花江畔
已被我叹为观止
大明山开放在
江南春天里的
满树冰雕
却第一次被我的双眸刷新

如昆虫凝固于琥珀
春山的绿萼红苞
鲜明在晶莹剔透的

玉魄冰魂里
走在白雪铺就的山道上
路旁的一树又一树冰雕
昭示着昨晚猎猎的山风
已被冰雪俘获
刻镂成形
固化为执拗的走向

十年经营的山廊云桥
将碧湖、隧道、银山、白瀑、草甸
一朝绾起牵缠成梦
廊桥边悬崖上
随处可遇的冰凌
让人既惊且喜
在冰凌的冷峻里
大明山高山滑雪场的标注
再不是空洞的传说
而成了心悦诚服的确认
虽则形迹匆匆
无缘亲临滑雪场
但关于大明山
春天里的冬日奇景的美好记忆
却随渐行渐低的下山脚步
节节攀升至灵台的最高处

2012.3.18

噢嗬，三叠泉

2012年6月23日，随东阳市作家协会采风团至庐山，得以一睹庐山三叠泉之真面目。三叠泉位于九江市庐山东南九叠谷，集险峰怪石、飞瀑流泉为一体。宋绍熙二年（1191）始被樵者发现，故有“一朝何事失扃钥，樵者得之人共传”的诗句。20世纪80年代初期开始进行旅游开发，有“不到三叠泉，不算庐山客”之誉。唐代诗人李白赞颂的庐山瀑布名开先瀑布，在庐山秀峰风景区。三叠泉之奇之美，远胜开先瀑布，李白缘悭一面，未得一睹，我等眼福，大胜谪仙也。——序

一

一个迷藏
引我捉了几十年
自从感应太白的一声清啸
飞流直下三千尺
疑是银河落九天
匡庐飞瀑水汽淋漓
梦里水花喷涌飞溅
将我少年的向往
青年的豪情
和中年的深幽
一一打湿

二

但我的心依然是
干涸的原野
长不出实证的惊喜
尽管我曾两度上庐山
却只在仙人洞一线转悠
始终牵不到
匡庐飞瀑飘动的衣袂
不是山高林密路远难攀
就是来也匆匆去也疾疾
从 20 世纪 80 年代的一个独行侠
走到 90 年代的呼朋引伴
我依然不能拥有
关于匡庐飞瀑的话语权

三

2012 年 6 月 23 日
天气预报告诫
庐山有大到暴雨
但因为我们的上山
短暂而零星的飘雨过后
庐山，竟遏制住了
滴雨的欲念
好个阴凉的夏日
最是适合寻幽探险
五老峰下九叠谷中
从一百层楼的高度

探足下涉
缘1420级台阶步步惊心
一个巨大的迷藏
一个孕育几十年的谜底
终于要在我的眼前现形
山路九曲十八弯
心潮云飞偕霞举
就在濒临谷底时刻
万绿丛中跃入一抹飞练
噢嗬，三叠泉
在我脚步的鼓韵中
上叠飘雪拖练
中叠碎玉摧冰
下叠玉龙走潭
一一次第登场
宛曲高峻壮伟轻奇
三叠泉，富集于一身
远观亵玩随心所欲
更兼天公作美
有雨趣而无淋漓之苦
云雾明灭，百变千幻
三叠泉时隐时现乍阴乍阳
一时之间得窥
阴晴雨晦多彩风景
眼光与相机一齐饕餮着美景
心跳共喃喃同步啧啧着称奇
三叠泉，丝练牵牵缠缠

扯住我的身我的心不让我走
当同伴纷纷拾级而上
向归途举步
我依然在谷底的涧石之间
摸高爬低左看右睹上观下视
恨不得把三叠泉的
每一寸肌肤摩挲一过
奇伟瑰怪常在于险远
五岳寻仙不辞远
一生爱入名山游的李太白
所以有福了
当我在天梯一般的台阶中
向着来时径拔足
蜀道一般的艰难
全在一步一顿的汗流之间
领略殆尽
扪参历井仰胁息
以手抚膺坐长叹
一路攀援一路气喘
而满耳都是
李太白在山水间
吟哦的喧响

后记：

归家后查资料得知，我们所游的三叠泉瀑布并非李白所讴歌的开先瀑布。一个美丽的误会。李白笔下的瀑布其实还在与我捉着迷藏呢。

2012.6.27

婺源严田村古樟咏叹调

古桥、清流、巨樟
婺源怀抱一个
叫严田的山村
最中国的乡村美丽图景
在这里，孵化了上千年
1600 年，此地的日精月华
格外耐心，将满溪清流
研成一腔饱酣的墨汁
任严田古樟夭矫挥洒
巨幅行草，纵情抒写
一种不老传奇
自乡间地头草根之中
巍峨起来，头角峥嵘
树中有树，景中藏景
严田古樟，一张
风吹不倒雨侵不蚀的
天地奇画，常看常新
严田巨樟，一块
耸立千仞的磁石
吸摄八方来客
探幽访胜的脚步
有大树的村庄
必有一段
浓似醇酒的历史
仿佛家底殷实的人家
那么耐人寻味
有大树的村庄
可比内外兼修的女性
临风一站不必启齿
就让人目炫神摇
流连痴迷

2015 年 4 月 20 日

闽行散记组诗十五首

其一：一路向南

正午，最耀眼的阳光铺路
从上饶到福州，顾盼之间
黑夜一场接一场扑来
在隧道出口处
又被白日一一击溃

其二：风动石

心动石动
心静石定
动与静的刹那
吊诡了亿万斯年
一定是一场
惊心动魄的沧桑
让风动石
若有所思了这么多年

其三：马銮湾

东山岛，福建第二大岛
那个黄昏，在马銮湾
树太多房太密
让人一直惆怅
没能俘获天边那朵金蔷薇
好在宽广的海滩

浩大的碧波足以抚平
心中的皱褶
在大海的面前
谁不海量谁说不过去
四特酒的醇香配
离大海最近的鲜
四人共席，占据的
每一个方位都能
显示男子汉的量
当把大海的鲜鼓满肚腹
海风便伴潮汐温柔而至
让人恨不得席地幕天
细数天上星星

其四：元昊大师

静如清池，动若游鱼
禅定，守住一份雅意
香烟，绾起入世情怀
佛尊与灵猴在你身上
全然二位一体
太极生两仪
两仪生四象
阴阳八卦水乳交融于胸中
所以你的舞台
有大千世界袖里乾坤

其五：此处，麻雀不惊不惧

人类，千万年倚大欺小
让麻雀且惊且惧一辈子
以致永远长不大
永久小不点儿
只有此处，南普陀的草坪上
与鸟食一起投落的
是人群集体有意识的
善良目光
麻雀因此放胆
公然与鸽子共餐
从容进食，啄起一地
温蔼的佛性灵光

其六：愧

厦门中山路
一条繁花密布的河
涉水其间，我便是
那只流连的蛙
也怪河汊太多
风景太美
我不止一次错过
上岸的路
而你们早已在
岸上集结

准备从鹭岛
向漳州迁徙
你们焦灼的咯咯
只为唤一只
贪玩的同伴上岸

其七：一墙之隔

厦门大学人文学院
我们企慕已久的目光
灯光一样弥漫阶梯教室
墙外，海在不停地鼓着掌
墙内，我们静静地听着讲

其八：夏意

热
你就那个浪吧
在厦大
我有一路的花
和满眼的绿
为自己挣一片
清凉的夏

其九：迷与觉

唤一条鱼上岸，谁能
灵魂，颗颗在尘世

浸泡已透
南普陀，荷香和梵呗
可否把它们一一烘干

其十：双子座

世茂大厦
希尔顿酒店
双峰并峙
风帆一样的倔强
撑持着，厦门岛
一艘永不沉没的船

其十一：面

沙茶面海鲜面漳州卤面
我用零碎的时间
品尝出一个完整的
厦门印象
混搭是厦门的特色
和谐是多元的组合

其十二：风一样穿行

旅途中，我喜欢
做一个独行侠
抛撇下一切客套等待
拔脚就可上路

在山水街巷间
风一样自由穿行
我依然年轻的脚步
在迅速占领了五老峰顶后
满披一肩霞光夕照
又驻足在海滨浴场的
浪卷涛响之前
或以公车为马
或用双脚当车
矮小的身影
明灭于人海之间
而我的双眼
是永不熄灭的矿灯
搜索着一切
可以撷取的美景
从南普陀的阳光下
到曾厝垵的夜色中
我独自一路穿越
一路按下时间的快门
第二天早晨6点半
我跳上一辆朝气蓬勃的公车
用一元钱实现了
大半个厦门的巡行
并且，送出了
一声又一声
早安，厦门

其十三：南靖土楼

泥土一站成高度
就是个传奇
泥土圈成
精巧的团圆
垒成方正的威仪
更是一种神话
当翻过一页又一页
层峦叠嶂
终于找到
南靖土楼的页码
怀远楼、和贵楼
先民睿智的脑袋
已被膜拜成
一尊又一尊镂空雕
深入历史的大脑沟回
啧啧称赏
又怅然钩沉出
一缕隐忧
全球一体化的时代
东方建筑
不断抄袭西方的面孔
世界，是否还能滋生
文化的多元

其十四：云水谣

在如此丰茂的
云影水色山光树荫面前
我为了追随团队
一个小时的行程
太过急促的脚步
绝对是个严重的失误
云水谣，依本多情
我太薄幸
只有等来日
我携大把的光阴过来
白天，让脚步
亲吻遍路上的
每一块卵石
入夜，携一把躺椅
慢慢摇，摇出
一树阴凉星辰
你有多少温存
悄然来袭
我都一一收受

其十五：散场

从 7 月 24 日到 29 日
六天是一个周期
从一个起点

回到应有的终点
高铁出口
像水库的闸门
把你我的背影
溢洪向各自的东西
但请相信
我们始终是一队
蓄势待发的音符
暂且静伏在乐谱本中
只待有一天
指挥棒一动
我们便霍然起身
合奏一支
拔尖进行曲

2016.8

携儿西安行组诗二首

其一：市声

宾馆 18 楼
高卧古城云端
一大早，耳朵醒来
市声如潮漫卷上来
让人恍然置身海上
在西安的此岸
和大唐的彼岸之间
穿行

其二：广场舞

一切人为的油彩
拿古城西安的夜色
擦拭一空
彻底抛下
知识分子的矜持扭捏
今晚，泯然众人
一朵最没有特征的浪花
融入兴庆宫门前
排舞的潮涌之中
手舞足蹈
用绝对自我原创的动作

打开被咽喉炎
锈住多年的歌喉
随广场舞曲哼唧声声
疏浚掉一切伪装阻塞
来自民间底层的简单至乐
喷泉一样溅射开来

2016.3

我一直觉得这只是个梦境

我一直觉得春分这一天
浦江就是一阕梦中的满江红
要不然也是从前的一曲满庭芳
那遍地清流活泼泼流泻的
不都是我的童年？黄泥黑瓦
古朴的房子，分明是
一肚子故事的中国祖母与孙儿
剪烛夜谈的栖息地
上山的鞋，恍然杂沓如谢公屐
石子路上铺满的都是谢灵运
李白的脚步。我一直怀疑
马岭脚就是北固山，因为
此地的桃李，开得那么唐宋
香榧、麻栎、苦槠，多么像
《道德经》的作者搂过的
那些合抱之木。下湾村旁的茜溪
一定就是桃花潭，如若不然
在诗歌日益凋零的季节
怎么会在水之湄
枝繁叶茂起那么稠密的
酒朋诗侣？在疑真疑幻之间
我猛掐了自己一把
突然惊醒的是满眼的
今日浦江之春

2015.3

江　湖

来到山东济宁梁山
这回是真的走进了江湖
街上到处吆喝
水浒时代的市廛风物
抬头都是武松李逵林冲
一干好汉的身影
酒桌上满满当当的大碟海碗
堆垒起周而复始的厚谊高情
轮番把盏的总是
义字当头的八百里蓼儿洼烈酒
浙江的一群书生来到山东
大块吃肉放胆喝酒的豪气熏染
撩拨得千古文人的侠客之梦
破壁而出。在英雄的故乡
与英雄的后代天天切磋琢磨
我们恍然便是梁山之上的编外好汉
在东平湖的风雨之中，你看
我们的姑娘们冲进雨地的气概
何尝输与跃马横枪的一丈青

2016.7.12

暑假浙地览胜组诗四首

其一：安吉竹韵

你说大伙儿都在怪责
怪责我一进竹林就没了踪影
要不是手机像风筝的引线牵连
还真怕我脱团一去杳杳冥冥
请原谅一条鱼
投身大海的自在任性
海太大，鱼太小
海太迷人，鱼太多情
对于竹子的喜爱
早就患上永难戒除的瘾
何况是竹林汇成汪洋
把千迷万醉都酿成了幻
我哪里抑制得住
清风一样穿林披叶的冲动
你们的脚步太慢
我的目光太急
所以我不得不独自放任
探奇访幽的视线

2016.6.28

其二：安吉中南百草园

在入口前，心里
把对百草千卉的致敬礼
演练了好多遍
入内后，看动物
怎么乖觉听人指挥
看人类反串表演
花去我老半天
在安吉中南百草园中
再一次见证
人类将动物
训练成人的努力
再一次领略
娘得比女人还媚的男人
团队的急召电瓶车的疾驰
来去匆匆
在一座叫百草园的苑囿内
我却一直无法
在一队草木前多作驻足
向一群花卉弯腰流连
成群结队的脚步
除了喧嚣和骚动
实在不足以构建
旅行体察万类的意义
下一次，我想极其私密地

作一次远行

2016.6.29

其三：安吉江南天池藏龙百瀑

你说你为美女摄影乐此不疲
我说我追寻水的踪迹马不停蹄
无论是圈养的水还是任性的瀑
我的视线一律加以宠爱
我爱一座山，有一半的原因是水
是水的描画，让山有俏灵灵的眉眼
当江南天池的水划动风中的夏云
当藏龙百瀑将一道又一道水势
挥成一匹又一匹舞动江南的白练
我的心便自觉结成山核桃的坚果
哪天你敲开，品咂的都是
浙山浙水的独有香醇

2016.6.30

其四：德清下渚湖国家湿地公园

我是坐着游船进入下渚湖的
出来时，我已成为一条鱼
再也抛撇不下那万顷的湖绿
在芦苇荡的迷宫中

我屡次好奇地
将自己半百的年纪丢失
又一度又一度让童心找回
那个愉悦忘返的自己
和尚山道观山翠意如流
没见过这么多的白鹭张扬似帆
将一川绿流点染成一片
星汉灿烂的碧空
樟桂谷楝松楸，各色树木
东一簇西一处
静默自守，本色自在
任强弩之末的梅雨
一路撩拨而过
而荷花、再力花、凤尾莲们
这些花枝招展的夏日姑娘们
在这个极其开放的年代
毫无顾忌地且艳且美且乐
水利万物而不争
我是坐着游船进入下渚湖的
出来时，我已成为一条鱼
再也抛撇不下那万顷的湖绿

2016.7.4

秋日开化行

秋日午后
从东阳到开化
正襟危坐
近三个小时的参详
雨意到暖情的嬗变
当山峦开始列队迎候
隧道越来越稠密
白天与黑夜的复调主题
在单簧管主打的乐式中
急管繁弦
山色便恣意葱茏
向晚拉成一张
清新的夜幕
山城，捧出
新洗的一轮明月
迎客

2015.9.23

钱江源探幽

秋阴的日子
适宜登高涉远
一个叫钱江源的诱惑
在开化已发育得
成熟丰满
自然就心动了
山环水绕
任你一千重的青纱翠幔
都敌不过我们探寻的欲望
抵达秋天最幽爽的腹地
大峡谷和莲花塘
源头景区的并蒂莲
因虔诚的跫音
悄然绽放
藏在深闺
偶露明眸皓齿
水灵灵的面容
催生一波又一波激情
登高作赋
临流吟诗

2015.9.25

邂逅一场甜的黑

夜，在汤溪，九峰山下
霜降节气，秋已满
而霜未降，凉风依然清浅
而黑，童年时夜的颜色
极其饱满，弥漫四周
年事渐高，恐惧
早已沉淀心底
夜的乡野，成为
记忆中的黑甜之乡
暌违多年，今晚乍现
取之不尽，用之不竭
那泼天的墨，任我挥毫
追慕聊斋
抒写一场荒野乡梦
奇诡无涯

2016.10.28

北　上

我把江南的景色打成包裹
最深秋最饱满
赠给北国的初冬，进补
今天，中国的任督二脉
已彻底打通，那股浩然之气
从孟老夫子就开始涵养
几千年的吐纳积贮
充沛的元气，经由文化管道
与我接通，严丝合缝
无论北上还是南下
不管向东还是走西
从小周天拓展至大周天
整个华夏的浑厚气息
不断在我周身游走流布

2017.11.1

义·礼

上午上梁山
触摸义薄云天的豪情
下午入曲阜
恂恂儒也地礼乐诗书
义与礼，跳脱与规矩
在这个属于我们的七月
接轨得如此容易
一半火焰，一半净水
在大气山东大美齐鲁
水火交融酿成美酒
不是呼好汉酒
就是称孔府家
众人醉美了五天
从而通体透香
当终于拔寨而起
叹咏而归，馨香载途
让江南一路
不停地鼓动鼻翼

2017.11.1

寻　觅

在阳光匝地的泉城
菊花满地铺排不再憔悴
趵突泉公园的菊花们
在金秋菊展中
姹紫嫣红簇带争济楚
园中千娇百媚难阻我
一路寻寻觅觅
寻觅那一眼清泉
映照过你露浓花瘦的韶华
见证过你夫唱妇随的甜蜜
趵突泉翻涌的浪头
柳絮泉成串的珍珠
以及金线泉细长的银链
全被我绿叶一样披拂过去
只有漱玉泉三字
才像最红硕的花朵
俘获我久久流连的目光
漱玉泉里活泼泼的游鱼
恍然便是你临水轻吟的灵犀
当盈盈波光洗亮了我的双眸
我才悄立漱玉堂前
献上致东方美神的钦敬礼

自你的青春在漱玉泉中水遁
进入婺江边的秋夜梦回
伴你的只有梧桐秋声
和点滴到天明的敲窗冷雨
从北到南几千里的跋涉
始终抽刀断水水更流的
是你漱玉词的绵长柔韧
从漱玉泉源的清冽
一直寻觅到
漱玉词中的锦心绣口
中国文脉因为你的渗透加入
而更加清亮照人

2016.11.5

济南千佛山逐日

一个巨大的意象在胸中酝酿
找一轮辉煌的落日
照映我渐觉黯淡的诗笔
下午 4 点 20 分的心情
对于一路西行的太阳
像秋露眷恋着黄花
我的身影一路小跑
掠过千佛山脚如砥的平地
当陡峭的山路
瀑布一般倾泻而下
我恍然便是那条
奋力跃向龙门的鱼
汗水霰弹一样迸溅
惊悸了一路红黄秋菊
山登绝顶却站成了夸父
任我呼声如网疾撒
也兜不住那轮灭顶的落日
目光痛如断线
落日这枚脱线风筝
急坠难以挽回
满天的胭脂在精心涂抹
把西天幻成千万株桃花
还好，一种温暖的慰藉
引亮人间的万家灯火

2016.11.10

寻访组诗三首

2017年6月17日上午9点至下午5点40分，与军民、二胡赴浦江、桐庐多方踏勘，为“西狐文学”网络平台寻找5月份文学月冠军最佳颁奖基地。

问山问水，何方最宜，孵化文学之梦？

其一：海豹岭脚村

听说浦江的乡村游火了
几年没来，真担心
山被看老，水被嬉旧
岭上依然多清秀的白云
古朴的村居前
幸福与美丽
还是和夏花一样开放

其二：马岭脚

古道古树老屋
不再寂寞如蝉蜕
多少年的雨丝风片
在山间密密编箍
一只很耐心的蜂桶
等出了冲虚涵蕴
脚步蚁拥蜂攒
纷沓而来

其三：石舍

从石屋里走出的祖先
引领尘俗中
摸爬滚打太久的子孙
重新皈依石砌的精舍
慢下来的节奏
有袅袅的余音
我的心肠如此萦回
恰似路边的芦茨溪
从桐庐一路缠绵向富春

今天，我们成了大山心腹

山路，何止十八弯
今天在磐安
翻过山道九十九道弯
经过数不尽的峰峦考察
接受说不完的涧水盘问
我们，终于成为
大山的心腹
于是，山珍不择地而出
堆垒出满桌的富庶
古树群在路旁
毫不避讳地闪出
任我们破解古老的密码
大山也情不自禁
在一场豪雨的撩拨下
把纱巾披了又揭
揭了又披
不让我们前前后后地
赏个遍，不肯休

七月，我们看海去

一直嫌心跳得不紧不慢
日子过得寡淡
七月陪艳阳来到海边
与天地一起服下
一剂合理合法的兴奋剂
于是草原举起满捧的鲜花
哗啦啦跑来牵动你我腿脚
一个浩大的沙场
开始举行一场
最和平喜乐的断杀
在海风极力地怂恿下
最沉默的爷儿们咧开了
铁板一样缄闭的嘴角
淑女们的长发
被撩拨得前所未有的浪

2017.7.10

洗 尘

有家可以抵达
这样的旅行是幸福的
出游四天，天天是
海风艳阳的洗礼
脚步一次又一次
将有容乃大的真谛参详
汗雨心潮冲刷着
积久成腐的俗气
一场盛夏的豪雨
先我而至为家洗尘
今晚心朗气清

2017.7.13

长白践约

昨天，车子催得太急
实在抽不出时间
向清华园的荷花挥手作别
只好把视线投注到
任何从清华园飘出的衣袂身影
深深，又深深剜上几眼
企图将百年学府的气脉
再多接续上一点
然后便把自己交给
风驰电掣的归程
今天，还没来得及一洗
昨日衣上的征尘
为了践长白山之约
我已守候了大半辈子
那些在梦中流淌过
千百回的传说
让我的身紧随心动
胁生双翼扑向吉林

2017.8.13

长白山天池

当野蛮女友风行成民俗
没有比你更矜持的女郎了
传说里再三传扬
你是人间最好的姑娘
你是天上误走入人间的仙女
于是我与成群的男女老少
结成朝圣的行列为看你
九风十雨我们历了
九曲十八弯我们转了
二千六百多米海拔
我们用脚步夯实了
你的盖头竟如此严紧
呼也不揭祷也不掀
感谢那道淘气的山风
冷不防撩起你一角纱巾
你昙花一现的笑靥
足够让我们津津乐道一生

2017.8.17

秋假黄山行组诗二首

其一：今晚，在黄山光明顶独守一轮秋月

糖在血液里作怪
我已对酒戈戟相向
黄山，深秋的黄山
酝酿了那么多秋色
不举杯，对不住自己
更对不起黄山
向黄山投降不算变节
酒朋诗侣都说家多牵绊
只剩我，将山顶的星星
当花生米嗑完了
秋风那个缠绵
说过了今晚
明天刮的尽是冬风
看秋月，圆成孤独的酒缸
且拼一脸酡红
换取明日的朝阳

2017.11.6 夜 8 点半秋风中

其二：叫板

大半辈子
总喜欢找
厉害的人
险峻的山叫板
多少次输了
还能站起来
人登绝顶我为峰
当过几次山
做了几回峰
都说灯红酒绿
五色令人盲
都说闹市嘈杂
五音乱人耳
还说逛惯了公园
腿脚变得松软
这回，我押上
五十四年的身板
向黄山叫板
检验整个身心
是否听得真
黄山的鸟鸣
秋风的喧响
是否辨得清
峰峦上的青松

大峡谷中的红黄
腿脚是否
上可以扪参历井
下可以越涧穿潭
从云谷寺到光明顶
自始信峰到
西海大峡谷
然后由莲花峰
攀到天都峰
两天的时间
上看下看左阅右览
把黄山的秋色
披阅了大半
在自得的同时
也不得不承认
黄山，是我挑战史上
不多见的好汉

2017.11.7

安徽黟县塔川览秋

城市越来越大
四季越来越不分明
老村越来越小
小小的坛子里
装的却是越来越
醉人的女儿红
透瓶香招来四方客
在立冬后的第二天
嘈嘈切切的各方口音
沸腾到塔川
闹几番朝暾落日的金秋
归途上到处溢满
火红的记忆
让枯水季节
翻越起阵阵红浪

2017.11.8

卷二

旧诗

卷首语

学诗漫记

陈益林

唐朝诗人刘长卿在《听弹琴》一诗中感喟："古调虽自爱，今人多不弹。"

自 2016 年下半年加入东阳市诗词楹联学会后，我却与学会中众诗友吟诗填词，玩得不亦乐乎。

一个人的志趣爱好多半取决于其年少时的生活经历。像我这样的 60 后，小学初中时除了几本教科书，难得读到的，也就是几本缺头少尾的中国古典名著。开口奶吃的是古典营养，入高中后又遇上酷爱中国古典作品的许岳忠老师，于是自打青少年时期起，我就对中国古典文学情有独钟，对中国古代那些舞文弄墨的骚人雅客自然崇仰有加。

于是总想对中国古代的风雅之技学个一招半式。大学中文系读了几年，在中国古典的无边风月中游赏了数载，渐渐能掉上几句文言。大学出道，走上工作岗位后，想到学生掌握词类活用、文言句式不易，便尝试用文言写了篇故事，将古汉语的各种词类活用、文言句式糅合其间，让学生记熟背透，确亦让学生增进了一些应试之功。对于中国古典诗词（以下简称"古诗词"）写作，则一直不得其门而入。大学期间曾进过古诗词写作选修课课堂，但恕我不敬，讲课的老师讲得实在味同嚼蜡，不堪卒听；自己翻阅王力、夏承焘先生等的诗词格律讲章，什么"孤平""失粘""拗救""平水韵""词林正韵"，觉得简直难如天书。

工作多年后，我也曾进过市里一帮七八十岁老先生创办的诗词沙龙，也曾带上自己创作的几首绝句、律诗，想向先达们求教。但先达德隆望尊，听他们动辄指斥末学后进这不协律，那不中式，惴惴恐不当意，终不敢拿出拙作示人，最后溜之乎也。

直到2016年下半年，东阳市诗词楹联学会换届选举，选出了女会长严梅兰女士。严会长虽年近花甲，但透着年轻干练。她敢于开拓创新，不薄老者爱新人，广纳爱好古诗词写作的年轻诗友。最难得的是，严会长亲自做了精美的教学课件，多次登台为对古诗词写作尚未入门的诗友们作辅导讲座。尽管我自许具备一定的古典文学修养，但对于古诗词写作技巧，独自研读数回，终因古奥难懂而废书而叹。而经严会长一点拨，顿觉茅塞顿开。再加叶序梅先生、胡永清诗友的热情赐教，终于摸到了古诗词创作的一些门道。尤其是永清诗友推荐的“诗词吾爱网”，给初学古诗词写作的我提供了一根受益极多的拐杖。

登高方觉众山小，回眸才知歧路多。掌握了古诗词的基本格律知识后，才发现以往自己写的几首所谓的绝句、律诗和词，平仄、押韵多存舛谬，纯属胡诌。比如前些年听到老人跌倒没人扶的现象，感慨系之而写的这首“律诗”：

开放搞活思翩翩，奇谈怪论足讶异。
忍看白发仆蹶苦，应惊人心温热稀。
人生有限谁不老，岁月无情莫相欺。
扶与不扶枉费舌，道义所在莫狐疑。

现在看来，此诗既不符合平水韵的律诗格律，也不合乎中华新韵的律诗规则。押韵就不对，仄起平收式的绝句或律诗首句须入韵，诗中的“翩”字是无论如何都不能与“异”“稀”“欺”“疑”等字相押的。绝句、律诗在平水韵中多半用的是平声韵，那么“异”字入韵又违反了平声押韵原则。此外平仄方面的不着调更是触处皆是。曾有一则笑话，说有一位老干部，时常喜欢在省级报刊发表古诗词，四句的他必标明“绝句”，八句的他定写上“律诗”，而他的所谓“绝句”“律诗”，根本不符合古代格律诗平仄、押韵、对仗等规则。如果他不注明“绝句”“律诗”，宽容一点的读者还可以以不属格律诗的古体诗看待之，他定要注明“绝句”“律诗”，则贻笑大方，徒增笑耳。

不疯魔，不成活。有同道经常在一起切磋琢磨，古诗词写作是真的会经历像香菱学诗一样“呆—魔—疯—仙”的凤凰涅槃过程的。有“吟安一个字，拈断数茎须”的苦楚，但更多的是家居茶余饭后之时、夏凉散步之际、出差等车候机间隙独自吟哦的充实。更有一诗甫出，发到微信群中，众友称赏的乐趣。

尽管也有朋友在微信上对我酒后吐“诤”言：“恕我酒后胡言，真喜欢您的现代诗!! 关于古体诗，因为在唐朝，就已经玩到了极致，甘蔗的渣都不剩了。”言外之意是现代人写古典诗词是瞎子点灯——白费蜡了，但我还是愿意以“爱上古诗词写作的N大理由”来回敬之。

现代人写古典诗词写出大水准、高境界的并不乏其人。文韬武略俱臻化境的毛泽东，余秋雨先生推为现代写古诗词水准第一人的郁达夫，文坛巨擘鲁迅先生，他们创作古诗词，旧瓶装新酒，照样玩得风生水起。大数学家苏步青、华罗庚创作的不少古诗词也脍炙人口。1979年，苏步青先生随大学校长代表团访问德国杜赛尔多夫城，在阿康饭店下榻。店主热情接待了他们，临别时要求苏先生一行题诗留念。苏先生略事思考，便当众挥毫写下七绝一首：西来处处挹繁华，杜市阿康是我家。中德人民常友好，不愁前路有风沙。经翻译一解说，店主高兴得跳起来，连说太好了！太好了！人文素养与科学功底的完美结合，才造就了世界级大师。

中学语文教学前辈王尚文、钱梦龙先生都写得一手好古诗词。且看王尚文先生《白马山绝句三首》以见一斑：

一

山到案前说太古，水流枕底诉平生。乾坤谁识余心曲？试听虫鸣三两声。

二

入定千峰分外青，群云飞过亦无声。不知山鬼何处去？忽有空中一鸟鸣。

三

曼歌徐步意如何？身似天涯一鸟过。脚底千山溶暮色，一峰秀出夕阳多。

中语界大腕级人物李海林先生高度评价以上三诗：“尚文先生吟白马山三首，言孤独而淡淡，诉寂寞而浅浅。夏日清晨，字字走目，怅然久矣。意欲对先生说：天下谁人不识君？尽在千峰群云中。莫道心曲无人识，万鸟和鸣轰山空。”

钱梦龙先生的古诗词佳作也不少，信手拈一首，就可以让人领略其味之隽永。且赏钱先生咏退休之作《乍退》：

乍退惊回首，人生短亦长。

多冠曾累我，无冕始称王。

偶涉刘伶醉，非关阮籍狂。

书城坐拥处，不羡富家郎。

就“偶涉刘伶醉，非关阮籍狂”这一句就足以让我等新时代的高阳酒徒于心戚戚，引为同道，激赏不已。

虽不能至，心向往之。对于这些深谙古诗词写作之道的现代人士，除了仰慕，私下也很想学其一二，这是激励我学写古诗词的动力之一。

学写过古诗词，懂了点古诗词格律，发现自己的语文教学水平也在不断提高。首先是阅读鉴赏能力提高了。以往读《红楼梦》“香菱学诗”章节，每多隔膜之处，自从懂得“平水韵”的来龙去脉，内里堂奥，更觉书中妙趣，诗里旨味。比如这一句“黛玉道：‘昨夜的月最好，我正要诌一首，竟未诌成，你竟作一首来。十四寒的韵，由你爱用那几个字去。’”以前不知“十四寒”为何物，草草翻过，现在明白了“十四寒”乃宋朝山西平水人刘渊创制的古诗词平水韵“三十韵”中的上平第十四个韵。窥其门径，俨然便觉自己也成海棠诗社中人了。

又如读到杜甫《秋兴八首》的第八首：

昆吾御宿自逶迤，紫阁峰阴入渼陂。
香稻啄余鹦鹉粒，碧梧栖老凤凰枝。
佳人拾翠春相问，仙侣同舟晚更移。
彩笔昔曾干气象，白头吟望苦低垂。

诗中的“香稻啄余鹦鹉粒，碧梧栖老凤凰枝”一联到底该怎么理解，自古以来众说纷纭，莫衷一是。其中解说比较令人信服的还是诗学名家周振甫先生《诗词例话》一书的解说：“‘香稻啄余鹦鹉粒，碧梧栖老凤凰枝’，照字面看，像不好解释，要是改成‘鹦鹉啄余香稻粒，凤凰栖老碧梧枝’，就很顺当。为什么说这样一改就不是好句呢？原来杜甫这诗是写回忆长安景物，他要强调京里景物的美好，说那里的香稻不是一般的稻，是鹦鹉啄余的稻；那里的碧梧不是一般的梧桐，是凤凰栖老的梧桐，所以这样造句。就是‘香稻——鹦鹉啄余粒，碧梧——凤凰栖老枝’，采用描写句，把重点放在香稻和碧梧上，是侧重的写法。要是改成‘鹦鹉啄余香稻粒，凤凰栖老碧梧枝’，便成为叙述句，叙述鹦鹉凤凰的动作，重点完全不同了。再说，照原来的描写句，侧重在香稻碧梧，那末所谓鹦鹉啄余，凤凰栖老都是虚的，只是说明香稻碧梧的不同寻常而已。要是改成叙述句，好像真有鹦鹉凤凰的啄和栖，反而显得拘泥了。说鹦鹉啄余还可解释，说凤凰栖老显然是虚的。”

在了解了古诗词的格律知识后，我发现，其实周先生还没有完全把问题说透。他只注重从词句的意义层面进行解读，而忽略了从音韵格律层面进行深究。作为七言律诗圣手的杜甫，他在创作“香稻啄余鹦鹉粒，碧梧栖老凤凰枝”一联时，一定既考虑到了怎样写出帝京风物的美好，又兼顾到了怎样让诗句合律协韵。此诗用平水韵中的上平四支韵，所以“枝”必须放在最后。作为平起仄收律诗的颔联，其平仄格律是“仄仄平平平仄仄，平平仄仄仄平平”，所以无论是“鹦鹉啄余香稻粒，凤凰栖老碧梧枝”，还是“香稻鹦鹉啄余粒，碧梧凤凰栖老枝”都不符合平仄格律。杜甫的这一联，既高度浓缩了“意象叠加”带来的意蕴，又照顾了形式、格律的精美，洵为内容与形式完美统一的奇句杰作。

懂得古诗词的格律知识，对古诗词的声韵之美自然会有更多的领悟。比如了解到古音中“看”字多读平声，才明白“日照香炉生紫烟，遥看瀑布挂前川”中的“看”字只有读平声，才可以与下句的“照”字形成平仄相对之美。“名花倾国两相欢，常得君王带笑看”中的“看”字，也只有读平声，才可以与整首诗中的“欢”“杆”等共押平声韵。

古诗词的解读能力提高了，语文教学的底气自然更足了。课堂上我能有效规避许多语文老师像教新诗或古代散文一样解读古诗词的教学法，而可以从格律、意义多个层面来帮助学生品咂古诗词的诗趣、诗美，让出现在我的课堂上的中国古诗词真正姓“古”名“诗”。

要写古诗词，自然得多读古诗词。写多了古诗词，读诗时语言的敏感性也可以得到很好的增强。读到古诗词时，对诗中的遣词造句之妙也会更多留意。比如读到宋人叶润词作《莺啼序》“春浅寒深，孕粉藏香，蝶清蜂瘦”等句，以及唐代诗人吴融的《途中见杏花》：

一枝红杏出墙头，墙外行人正独愁。
长得看来犹有恨，可堪逢处更难留！
林空色暝莺先到，春浅香寒蝶未游。
更忆帝乡千万树，澹烟笼日暗神州。

“春浅寒深”“春浅香寒”等词，意象鲜明，其虚实相生、对比鲜明之致，立时令我过目不忘。自己写诗，不知不觉就将阅读积累倾诸笔端。比如我用平水韵下平一先韵写了首《早春》“春浅香寒风料峭，花红柳绿梦翩跹。何当共约良朋去，探美登山舞涧前”，在早春想象春暖花开时节的美好，其中就借用了前人的词语。

唐代孟浩然《夏日南亭怀辛大》一诗写道：“欲取鸣琴弹，恨无知音赏。”我作此文，希望有越来越多的人士喜读中国古诗词佳作，爱写像模像样的中国古诗词，在读和写的过程中，希望能够结识更多的中国古诗词知音。

第一辑

枨触感怀

◎惶愧◎

——获正教授级中学高级教师职称志感

三十年前出茅庐，
投身教坛即为家。
觅叶得林喜意外，
侥天之幸不足夸。

◎答客诮◎

无才偏叫肠中热，
文苑逡巡试短长。
老树春来花更着，
人趋风雅哂何妨？

附：恩师许岳忠先生和诗

◎口占古体和益林◎

许岳忠

有情仗义仁心热，
才华含蕴不争长。
榾柮无烟暖暖着，
倜傥儒雅尽无妨。

◎葆春◎

——读鲁迅先生《悼杨铨》一诗，反其意而用之。

犹有豪情似旧时，
花开花落岂由之。
火薪相继诗书在，
气脉穿流注健儿。

附：

◎悼杨铨◎

鲁迅

岂有豪情似旧时，
花开花落两由之。
何期泪洒江南雨，
又为斯民哭健儿。

◎ 菩萨蛮·茶惑 ◎

俗世情怀，高雅格调，吾均爱之。『琴棋书画诗酒茶』，于茶一道，喜之怨之，搔首踟躇，非止一日。茶之过敏，莫我为甚。已时饮茶，即可致子时难眠。近悟崩溃疗法，置之死地而后生。没心没肺，放胆痛饮浓茶数日，失眠在所不计，失眠之顽症竟霍然而愈。——小序

茗香佐读饶清气，
偏吾薄福难轻试。
过敏只因茶，
夜深梦碎嗟。

睡神留不驻，
索性随他去。
向死觅生着，
顽疴竟遁消。

注释：

1. 着，读『招』，同『一着不慎，满盘皆输』之『着』。

2. 崩溃疗法，又叫冲击疗法，洪崩疗法，是医学上一种重要的心理疗法。一个钟摆到了左右摆幅的最边缘也就该到了回升的时候，一根弹簧被压到弹性限度的最极限时也就到了反弹的时候。崩溃疗法是在只有一线的希望的情况下迫不得已采取的下下策，但恰恰是这侥幸的投机带来了万幸的生机。有时候，崩溃也是一种治疗。就像兵家说的，背水一战，破釜沉舟，置之死地而后生。森田崩溃疗法中说：痛苦到极点，就是解脱的开始。森田疗法还说：没有大疑，就没有大悟。许多神经症患者，突然悟道了。有一种破茧而出，浴火重生的感觉。让患者真正体验一次精神崩溃，结果适得其反，不仅没有精神崩溃，而且实现凤凰涅槃。破罐子破摔，没心没肺，不计失眠后果，大喝浓茶，正是破畏茶神经过敏之道。心彻底放下了，睡眠就会好了。《白鹿原》中白嘉轩之长子白孝文感叹『要脸的时候不行，不要脸了却行了』，大概也正暗合崩溃疗法之道。

3. 词原为艳科，擅长写男欢女爱题材。至苏东坡以诗入词，境界遂觉阔大。词常不避鄙词俚语，古有辛弃疾之《西江月·遣兴》『醉里且贪欢笑，要愁那得工夫。近来始觉古人书。信著全无是处。昨夜松边醉倒，问松我醉何如。只疑松动要来扶。以手推松曰去。』今有毛泽东之《念奴娇·鸟儿问答》『不须放屁，试看天地翻覆。』

◎补 牙◎

当时只道是寻常，
小洞轻忽大洞忙。
肉末塞牙抠懊恼，
竹签剔缝费周张。
求医问药实无奈，
补窦翻唇总愿强。
悔悟方今珍养晚，
亡羊葺圈镂心房。

◎东阳市诗联、文史研究会出刊征名热议◎

书生意气赤心同，
舌往唇来运思聪。
万漉千淘非不苦，
嘉名颖脱赖群功。

◎乡 愁◎

——聆『文史之友』微信群热议抒怀

乡愁蝉翼同轻薄，
忍见故园闲掷抛？
古道热肠奔告疾，
挽澜既倒起群蛟！

注释：

第二句原犯孤平，今将第五字易平声以拗救。

◎官署寻人不遇◎

一早登门叩未开，
蹑踪几度尚徘徊。
墙根引颈痴痴望，
不信春深蝶不来。

◎感事二首◎

其一

家居平躺亦中枪，
恶讼无端惹恼长。
始信江湖风浪恶，
可堪仁厚宅心殇？
经冬嘉木逢春绿，
涤雨晴空泛碧光。
碰壁苍蝇徒涕泣，
焉能腐鼠阻鸾翔！

其二

世味从来薄过纱，
炎凉际遇漫咨嗟。
雪中送炭谈何易，
锦上添花众似麻。
仁厚宅心荃可见？
丰盈酒肉嘴纷夸。
桃园结义成陈迹，
自助方能护自家。

注释：

『荃不见』典出屈原《离骚》『荃不察余之衷情兮』。为平仄计，改『察』为『见』。

◎清溪◎

清溪一道志朝东，
百转千回劲未穷。
恶石当头何所惧，
化将怒浪奋前冲。

◎秋晨◎

昨夜鸱鸮不住鸣，
引将晦气梦频惊。
开轩放入朝暾满，
依旧遥岑照眼明。

◎小犬伴夜行（古风）◎

丙申腊月廿六，欢饮夜深，步行归家，得一小犬伴行十里，感而赋诗。

酒醉茶饱，
安步当车长街行。
华灯竞放，
助我遄飞逸兴。
素昧平生，
灵性一点犬有情。
十里夜行不觉远，
小犬踏碎寂寞景。
和谐岂止人伦，
青眼观物皆倩影。
众生平等，
睦情佳气遍地萦。

◎国学兴◎

无本焉来高硕木？
原乡沃土痛失深。
毅兮文化精神在，
复我中华雅正魂。

◎扶不扶◎

一从古道渐趋稀，
便使温怀化怪奇。
忍见媪翁仆踬苦，
应惊华夏暖温稀。
人生有限谁无老，
岁月无情莫忌欺。
扶与不扶枉费议，
道责所在莫狐疑。

◎定海神针◎

——观建军九十周年阅兵式有感

器利金瓯固，
长缨缚恶龙。
江河风浪险，
定海镇针雄。

◎江城子◎

——观东阳市诗词楹联学会汉服吟舞

峨冠博带赛仙装，
乐声扬，
诵情长。
穿越千年，
疑是到煌唐。
美奂美轮台榭焕，
中国范，
尽开张。

附庸风雅哂音腔，
刺如芒，
响身旁。
风雅附庸，
绝胜鄙粗强。
今古融通如海纳，
逢盛世，
慨而慷！

注释：

下阕易引起误解，说明如下：

有些人讥笑穿汉服吟古诗是附庸风雅，这种声音在身旁响起，让人如芒刺在背，十分不爽。我们的回答是：就算附庸风雅好了，总比不知风雅为何物强。

◎桂殿秋◎

——贺十九大召开

秋色里，
众望中。
红旗劲展掌声隆。
黎民福祉千钧重，
铁铸双肩亮节风。

◎参加金华市拔尖人才年度体检◎

长生不老信难求，
未雨绸缪重检修。
月夜花朝多胜日，
康强奋发焕春秋。

◎壮怀◎

生逢盛世少艰难，
且向光阴借锦年。
难取苍天三百岁，
亦当水击路三千。

◎第二春◎

年逾知命未龙钟，
念子思孙自了翁？
不灭雄心如火旺，
尚思破旧效春风。

◎守护山川◎

山川地设兼天造，
呵护全凭世上人。
暴殄奇珍何可忍，
峰青溪碧誓留存！

◎多子多福论◎

——读巴金小说《家》志感

多子何曾添寿福，
乌鸡窝内斗家身。
同胞兄弟枝连气，
可作传闻可作真？

注释：

乌眼鸡：形容人意见不合时怒目相视的态度。

◎官诚◎

仁者无敌缘爱民，
汗青垂照系丹心。
位高权重薄冰履，
得意胡为水窖沉。

东阳市诗词楹联学会2018年1月作业二以「冬望」为主题，从白居易《问刘十九》「绿蚁新醅酒，红泥小火炉。晚来天欲雪，能饮一杯无？」诗中选取一字为首句尾字，写七绝一首。

◎行乐◎

深爱梅诗兼雪酒，
寒冬独处最相宜。
坐拥四美谈何易，
且自行歌觅子期。

注释：

子期：钟子期，知音的代名词。

第二辑

◎早春◎

春浅香寒风料峭，
花红柳绿梦翩跹。
何当共约良朋去，
探美登山舞涧前。

◎清景◎

最是清新二月殊，
柳丝着绿玉兰敷。
江滨信步寻芳迹，
嫩绿娇红绣画图。

◎咏春◎

春来万类竞思奋，
柳绿桃红锦绣添。
心绪如花歌不尽，
芳郊竟日且流连。

◎暖春◎

新正日暖自风清，
触处开门纳福情。
柳网莺梭穿尚早，
游人欢忭已先声。

◎笋◎

昔日牵缠抛脚下，
今朝头角沐光华。
虚心劲节凌云处，
绿意弥天沁胜茶。

◎久雨初晴◎

人间四月试新妆，
雨虐风饕掳掠狂。
度尽劫波金缕在，
华衣笑靥又清扬。

◎乐游园◎

向晚秋凉适，
撒欢探水文。
夕阳倏煜好，
壮美渲黄昏。

◎携妻秋游◎

携妻乡野漫双游，
牵水揽风晚照收。
不问韶光流几许，
葵花灿粲慰清秋。

◎探◎

八面山前来复往，
撩人秋色惹思牵。
驮将一路金风去，
净扫胸中翳昧缠。

◎秋词◎

阳光似洗沐清秋，
丹桂浮香入夜稠。
玉鉴琼田舟一叶，
携诗逐梦大江头。

◎夕归◎

向晚归家江畔过，
枫红栾灿醉灵台。
分明大雪随期至，
却见秋光夺目来。

注释：

灵台：此指心灵。

大雪：此指节气。

◎江南冬深失雪◎

秋占冬巢可奈何，
倒颠时序已常多。
久违岁暮冰和雪，
可奏江南四季歌？

◎冬日初晴，登四楼观日出◎

破寒驱湿大天光，
红日当空五彩妆。
岁暮心头潮涌急，
年华不悔逐朝阳。

◎东阳江滨早梅◎

风巾雪玉未妆身，
俏艳天成益见真。
一寸丹心擎赤帜，
东城暖色动江春。

◎蜡　梅◎

岂畏严寒冰雪斗，
暖冬风软蚀精神。
骨中但教香魂在，
不忘倾馨馈故人。

第三辑

花石怡情

◎立春赏牡丹◎

唤醒东风兴致佳，
牡丹添彩趁年华。
挹掬富贵人间色，
滋润寻常百姓家。

学生和诗：

来凑热闹，为陈老师贺新春。

唯有牡丹真国色，
姚黄魏紫气自华。
武皇曾经不开颜，
一枝春色入我家。

——蒋华伟

草木皆为剑，
矢溺可入药。
真气之所至，
道传都能到。

——金挺

◎丁酉春末家种紫藤始放群花◎

春风几度送斜阳，
终得群芳一院香。
紫玉招摇璎珞舞，
鸟宣媚趣越我墙。

附：恩师许岳忠先生和诗

紫藤花开潇潇雨，
桃李果簇淡淡风。
江流浩荡金光跃，
才涌千祥正无穷。

◎ 采桑子·腐叶土 ◎

落叶腐烂变成的腐叶土，土质肥美疏松，极有利于花木根系舒放生长，是上好的养花之泥。

——小序

年深造化身归土，
静水无波，
不羡烟萝，
占尽风光舞攒柯。

人间借问谁堪拟？
卡西莫多 (Quasimodo)，
貌寝心皙，
护美情浓众赞歌。

注释：

1. 造化：多义词，此取『演化』义。
2. 攒柯：（zǎn kē），丛生的枝条。
3. 卡西莫多：此处本应『仄仄平平』，但为不以词害义，译音词平仄从权放宽。
4. 寝：容貌丑陋。皙，音『哲』，明亮、光明。

◎牡丹吊兰◎

——谢郭利丹小姐惠赠

扦插数茎无不活，
生机初显即开花。
吊兰脾性名葩色，
富贵平凡汇一家。

◎清平乐·晨汲◎

晨汲心抖，
小镜池消瘦。
溽暑蒸腾惊物候，
萎绿蔫红力救。

轻衣短绔昂扬，
奔走汗出如浆。
忍教旱魃得逞，
浇花溉树真忙。

◎凤眼莲◎

色呈碧玉贪欢甚，
讵料刑诛触处惊。
但教清涟方寸在，
为君怒放感铭生。

注释：

凤眼莲，即水葫芦。

◎惊艳◎

正喜秋晴饶夏绿，
红云夺目艳芳来。
江滨常涉常多趣，
彼岸花开自骋怀。

◎莲恋灵◎

梅雨时节，处夏犹冷。昨日，李晓春先生晨起冒晓寒，以相机于荷池边撷得多枚红艳露凝香，分享诸东阳市『史诗联』微信群。惊艳赏叹之余，胡永清先生执诗联牛耳，会盟诗友，以『荷』为主题，吴维荣先生《晨起赏荷》诗为发动机，驱遣灵感，大玩绝句接龙游戏，洵为丁酉孟夏浙中诗坛之雅事。陈某不才，忝列诸诗友之后，误抢『纱』字为首字，费半日而憋出四句以塞责。——小序

纱笼芙蓉似梦埋，凉风浅浅聚鸣蛙。
莲蓬朵朵秋收尽，雨击残荷韵亦佳。

孰意甫一发出，即与吾高中班主任兼语文教师许岳忠恩师撞车。许师大作，胜我多矣：

纱窗映绿播馨香，抱子莲蓬立莽苍。
一炬红荷临碧水，万条裙摆沐斜阳。

◎红藻◎

惶愧之余，另起炉灶，草撰《红藻》一诗，以就教于群内诸友：

阳骄叶碧色如燃，送爽分香越陌阡。
绚烂消停归素淡，莲蓬奉举意深牵。

◎莲与柴◎

今日晨馔毕，见『史诗联』群内犹荷香飘拂，诗韵联翩，遂意兴勃勃，技痒难禁，信手涂鸦，奉《莲与柴》一首，以助诗友雅兴云尔：

莲柴相伴绕乡音，荷绿茶香月有阴。
入世情怀风雅趣，煮诗烹韵赏瑶琴。

第四辑

茶余饭后

◎钓春◎

催归暮色漪沦卷，
料峭风穿兴致真。
同道华灯明誓约，
垂纶吊起一江春。

◎春江◎

向晚江滨作散仙，
暖风碧水杏花天。
呼朋引伴空中鹭，
我自悠游赏日圆。

◎偷闲诗词各一◎

其一

为抽稿债垛中身，
携影只身逛水滨。
挹翠抚芳神意惬，
键盘指舞又轻欣。

其二：渔歌子·偷闲

稿债堆中暂撤身，
江滨晴翠遍铺陈。
木槿笑，
合欢亲，
归家指舞又多轮。

◎初夏江畔独步◎

暑气轻移向晚凉，
江滨绮丽似游廊。
水丰芳甸油油绿，
白鹭欢晴款款翔。

◎晚　晴◎

莫道人生欢乐少，
灵犀慧眼趁今朝。
闲云晚照寻常物，
亦引诗情到碧霄。

◎夕　思◎

夜幕揭披江捧日，
晨曦新景摄眸中。
夕阳虽逝光重蕴，
莫怨人生太急匆。

注释：
揭披：撩开

◎点绛唇·遣兴◎

悄立花间，
纵眸观览生机透。
翠浓花秀，
独享悠游久。
自足安耽，
案上清供有，
怡情够。
诗思相逗，
伴我杯中酒。

第五辑

校园春秋

◎忆江南·江南好◎

春如酒，
酝酿自东风。
名校樱花看不厌，
才男姝女咏无穷。
醉舞笑歌中。

◎如梦令·致年轻弟子◎

千里翠叠红簇，
远近蛙声如鼓。
年少欲追风，
直入彩虹深处。
无阻，无阻，
壮气平生征途！

◎晨 读◎

初日铜钲明屋顶，
玉兰擎盏挹朝晖。
书声引得春花动，
疑是东风展彩衣。

◎开 学◎

一袭轻衣立教坛，
卅年树蕙又滋兰。
而今又届开春季，
莳卉巡花乐忘餐。

◎又赴浙江师大讲学◎

平生不解藏私意，
一有相邀便上台。
但得诸君心所善，
陈郎自驾又重来。

◎七律·东中◎

三星熠耀赞无穷，
科技人文武略雄。
物理济慈研邃密，
瑞钟惕老献由衷。
佛庄跃马成豪杰，
碧血横空化飓风。
薪火永传宏志在，
东中名校气如虹。

注释：

1. 三星：指东阳中学老一辈中最杰出的严济慈、金佛庄、王惕吾三位校友。湖南美协雕塑艺委会副主任、顾问，湖南科技大学美术考古组长和建筑系教授，长沙雕塑院院长，东中校友朱惟精为母校设计奉献了三位老校友的『东中三星』铜像。

2. 邃密：深入细致。

3. 瑞钟：王惕吾，原名瑞钟，字惕吾，人尊『惕老』『钟』意『汇聚』，『瑞钟』意即祥瑞汇聚，寄托着父辈对其美好祝愿。『惕』意『谨慎』，『惕吾』意指时时提醒自己，怀敬畏之心处世为人。东阳中学辟有『瑞钟图书馆』，内储王惕吾先生所捐书刊。

◎步诸贤之后草创网络名师工作室◎

名师网络大旗扬，
布道传经效益强。
陈某不才因感奋，
欣随骥尾疾奔忙。

◎赴杭参加省名师网络工作室创建培训会议◎

事未来临气似山，
及挑重担倍辛艰。
长途跋涉从兹始，
老马登程又历关。

◎赴杭参加全国创新作文大赛阅卷◎

一肩烟雨入杭城，
披阅探研淘漉精。
法眼无花言岂敢？
遗珠之憾责非轻。

◎贺社姆殿文学月冠军颁奖典礼◎

风轻云淡夏初天，
车载豪情到殿前。
社姆殷殷迎客至，
山泉沥沥赞文缘。
运才弄笔寻常事，
夺奖擎杯卓荦篇。
切磋推心增技艺，
从头迈步喜频传。

◎『中学生天地·语文课·开讲了』送教东中◎

凯风一夜雨帘收，
排闼阳光破杞忧。
业界名刊牵学子，
优师送教胜多筹。

◎东阳中学1990届学生毕业二十年聚会即席口占◎

二十年前尚青葱，
二十年后花正红。
而今再过二十年，
依然健步疾如风。

◎东中双骄之一◎

——赠卢裕华、周安然母女

内外兼修美裕然，
双骄母女耀菁园。
东中济济多才彦，
各领风骚喜讯传。

◎东中双骄之二◎

——赠楼美霞母子

电计精英壮猛儿，
子雄母俏正当时。
擎旗斩将争标首，
谱写传奇会有期！

◎东中双骄之三◎

——赠马沪乡、马思遥父子

老马识途导校中，
过河小马化成龙。
父研物理儿精造，
机厂师席各显雄。

◎乐见『西狐茶吧』教育评说栏目问世◎

轩窗绣闼正新开，
蛙鼓莺鸣动地来。
万籁宣声生趣闹，
此间岂必定尊裁。

◎应 试◎

题海浮沉销红颜，
扒分搏命几时休。
世纪竞争凭多元，
重劝天公再抖擞。

◎喜宝兰回母校招生◎

曾是东中一小丫，
英才浙大数名家。
亲遴后学回桑梓，
采得盈筐晓露花。

◎强哥跃马张网◎

——赠张跃强贤棣

张网非因捕蟹虾，
跃腾岂必务厮杀？
凭添彩翼高科技，
图强奋进助中华。

注释：

1. 贤棣：『棣』通『弟』。
2. 张跃强，东阳中学2005届高三（16）班毕业，现为杭州复新科技有限公司执行董事兼总经理。诗中第一、二、四句，各嵌『张』『跃』『强』三字。

◎老树春心◎

——谢弟子暖语

卅年从教历春秋，
得失辛甘费泣讴。
老树糙皮孬面相，
甘霖沁体亦心遒。

◎观摩金华市高中语文优质课比赛◎

同行竞技勇登台，
尽展平生积蓄才。
霜刃毫芒磨砺出，
追风赤兔奋蹄来。

◎丁酉年东中秋季校运会即景◎

点兵沙场兴遒高，
猎猎秋风竞逞豪。
百载东中淘劲旅，
龙腾虎跃气冲霄。

◎第九届全国新语文尖峰论坛赴会记◎

阳光一出冷风收，
缘聚尖峰共探求。
雾障杏坛联手扫，
轻舟踏浪立潮头。

◎教师下水作文比赛现场观感◎

腹有诗书立教坛，
语文世界谱新篇。
才华作码心为秤，
特倩金风任考官。

注释：2017年10月22日下午1点半至4点，第九届全国新语文尖峰论坛语文教师下水作文比赛在浙江师范大学旁状元楼举行。

◎悼一位女同事◎

三十三岁美青春，
夫旺儿娇乐正醇。
岂料狂风摧玉树，
天伦破损断人魂。

◎赠顾弋安同班诸君◎

东中二十四年前，
朝气如虹贯昊天。
三载寒窗尝胆志，
而今各各锦程连。

◎峰会◎

朱昌元先生成功举行『名师面对面网络直播活动』，谨撰七绝一首志贺。

君登山顶已为峰，
引伴携朋志更雄。
指顾同游齐呐喊，
峦呼谷应振苍穹。

第六辑

年节抒怀

◎丙申大年初四贺高中同学欢聚◎

最忆三十六年前，
青葱岁月梦勃发。
而今人虽届知命，
砥砺初心豪情佳。

◎正月初九夜观林头村花灯◎

巧借山林烟水处，
银花火树映清江。
鱼龙腾跃祺祥盛，
喜事欢天又一桩。

◎丁酉元宵节◎

最是元宵春夜美，
蜡梅香漾月倾光。
更兼着意红灯照，
天上人间瑞气翔。

◎上巳日为着装恼，戏作◎

汉服儒冠艳照天，
弟兄姐妹美如仙。
山欢水笑诗流泻，
日暖身轻景竞妍。
玉树临风浑是梦，
冬瓜立地滚为圆。
靓装留与三春醉，
我且常衣裹旧肩。

◎虎鹿三月三◎

虎鹿相安奇趣事，
新潮古俗汇阿溪。
潘江陆海佳诗涌，
逸兴遄飞彩笔题。

◎阿溪曲水流觞◎

昨夜溪山清净月，
引来碧落响晴天。
桃花流水催觞急，
擅饮无诗莫上前

◎念奴娇◎

阿溪上巳节分韵得『月』字，填词一阕

雨收擎日，
恰宜我，
吟赏芳春风物。
陌上田间，
抬眼望，
媛女妖童不绝。
翠色葱茏，
云中雀舞，
浅濑喷珠雪。
山乡如画，
庆春锣鼓明灭。

偏爱东晋兰亭，
曲流觞泛事，
才情风发，
历久难凋。
思慕间，
吾辈诗文相挈。
兴至神飞，
佳联催俊彦，
锦心争杰。
人逢同道，
共歌清雅年月。

◎东阳市诗词楹联协会阿溪上巳节活动追记◎

一从协会大旗张，
招纳群才奋自强。
雨霁寒收天送暖，
云开日出地敷光。
摇裾飘袂衣装丽，
修禊浮觞兴味长。
杨柳新翻成效显，
阿溪上巳美名扬。

注释：

『杨柳新翻』典出刘禹锡诗句『听唱新翻杨柳枝』，可指古貌出新意。

◎倒春寒◎

流光顷刻已清明，
寒意牵缠几度惊。
风雨拦春成底事？
嫣红姹紫却来迎。

◎浪淘沙·清明◎

日暖正清明，
车疾风轻。
乡思一片梦魂惊，
泉府先人常系念，
吾辈钟情！

对墓帐牵萦，
胸臆难平。
安能时序逆穿行，
起死回生欢聚再，
消弭悲声？

注释：

《晋书·王衍传》：『圣人忘情，最下不及于情，然则情之所钟，正在我辈。』

◎ 丁酉端午 ◎

上巳阿溪酣未醒，
榴花照眼已端阳。
龙舟竞渡声声壮，
蒲剑高悬户户祥。
结侣诗联同志趣，
浴兰佳节倍芳香。
雄黄角黍淳风在，
屈子精魂永传扬。

注释：

端午节，又叫端阳节、浴兰节。

◎ 西江月·丁酉中秋 ◎

又值中秋佳节，
欣逢盛世欢歌。
人间天上桂香多，
明月金樽共贺。

高速汽车似箭，
更兼高铁超梭。
银鹰奋翼空中驮，
催放团圆花朵。

第七辑

嘤鸣友声

◎品茗林旭兄家◎

中医茶道两相欢，
品茗养生兴味长。
人逢同道精神爽，
灯火亮堂耀沉香。
辞旧迎新腊月末，
新朋旧友祷吉祥。
酒酣茶浓二美具，
鸡吉向上乐无疆

◎长相思·五子会◎

正月事忙，城区五同学一直未得谋面。正月初九夜，余与才高、林旭、供军诸君齐聚申居家，欢聊到夜半。

南边楼，
北边楼，
春浅香寒难碰头。
家家忙事稠。

风飕飕，
情悠悠，
聚会欢临年初九。
夜聊焉肯休？

◎一经堂雅集◎

岁末寒气重，堂中煦如春。
问君何能尔？心热自生温。
不分少与长，男女亦不论。
兴会皆标举，诗缘聚雅韵。
稚子脱口吟，诗翁着意深。
才艺竞献罢，灯谜引入门。
灯影摇红处，东邑培诗神。

注释：

兴会：意趣；兴致。北齐颜之推《颜氏家训·文章》：『标举兴会，发引性灵。』

◎丁酉大年初四贺高中同学欢聚◎

最忆三十六年前，
青葱岁月梦勃发。
而今人虽届知命，
砥砺初心豪情佳。

◎如梦令·穿行笔墨间◎

丁酉年正月十三、十四，随《东阳日报》采风团，考察皖浙文房四宝重镇。

小雪初晴春闹，
明媚暖阳普照。
皖浙采风行，
一女四男同道。
欢笑，欢笑，
时短获丰高效。

◎良宵（步鲁迅先生诗原玉）◎

又偕文友度春时，
晏笑清聊鬓已丝。
众志成城汇雅趣，
一心向上举徽旗。
欣看朋辈昂头角，
愧煞吾身少隽诗。
共聚良宵襄盛事，
不分罗绮与粗衣。

◎仿李白清平调◎

——贺丁酉正月廿三
东方红水库高中同学会

青山白水两相欢，
长得群眸带笑看。
同学春风无限近，
悠游观览倚栏杆。

◎格律诗赛◎

诗赛输赢未可期，
情怀笃定志难移。
出征选手扬才日，
我等山呼致健儿。

◎为儿索旧照◎

儿女相求父母忙，
四方问讯意慌张。
多蒙众位心肠热，
顷刻愁眉展笑扬。

◎贺蔡伟教授公子成婚◎

河南妙女浙中郎，
谱写韩邦窈窕章。
共证鸳盟书此夜，
缘来万里也无妨。

注释：

蔡伟教授公子蔡夷川与河南姑娘王欢相识相知相恋于韩国。

◎ 夜赴玉佛禅院品茗 ◎

其一

非效徽之匆访戴，
卅年熟普约相催。
城乡路远浑不计，
如炬车灯夜色开。

注释：

《世说新语·王徽之夜访戴逵》：『王子猷居山阴，夜大雪，眠觉，开室命酌酒，四望皎然。因起彷徨。咏左思《招隐诗》，忽忆戴安道。』

时戴在剡，即便夜乘小船就之。经宿方至，造门不前而返。人问其故，王曰：『吾本乘兴而行，兴尽而返，何必见戴！』

其二

熟普藏茶话短长，
沉香一炷兴悠扬。
时移夜半谁知觉？
梵语清聊汇此乡。

◎贺方立东、胡庄笛归宁喜宴◎

立东立志立东阳，
笛韵缠绵蝶影翔。
齐鲁江南双手挽，
结缡吉日梦生香。

注释：

新郎方立东，山东潍坊人。
新娘胡庄笛，浙江东阳人。芳名典出『庄周化蝶』，东阳方言『笛』『蝶』同音。

◎访『西狐』书法培训班◎

夏风入夜输凉爽，
街市经行寻益尚。
公益热心有西狐，
只身特特来探访。

注释：

『西狐』书法培训班在『益尚』养生馆内。

◎ 题马樟云先生山水画作 ◎

青山挺秀探天心，
白水冲波下耸嵌。
但叫胸中丘壑在，
风来即可发龙吟。

第八辑

吾乡吾土

◎正月初二金华行◎

千古风流八咏楼，
楼畔彩桥美无俦。
水通南国三千里，
兴逐春风万分悠。

附：恩师许岳忠先生和诗

◎读益林老师八咏楼照有感之一◎

许岳忠

玄畅楼前大江流，
千古兴废叹不休。
沈约八咏韵悠悠，
浙中崛起看婺州。

◎读益林老师八咏楼照有感之二◎

许岳忠

易安来此暮色秋，
舴艋小舟难载愁。
泣血呼号至今闻，
匹夫莫忘护神州。

◎大年初六上卢夜饱口福◎

馄饨麦角红羊肉，
盘飧兼味快朵颐。
草根丛中藏春色，
乘兴乡野撷俏枝

◎捉萤火虫◎

最爱清溪田渎畔，
村童夜逐笑喧天。
捉将萤火燃瓶内，
夜夜流光护梦圆。

◎青玉案·夏日忆趣◎

夜深忽梦童年趣，
夏日里，
嬉游屡。
水库溪流深不顾，
狗爬姿陋，
欢声无数，
不论朝和暮。

晚来围坐清风舞，
耆老谈今又评古。
最喜萤飞萌处处，
轻扬明灭，
逐追小渡，
邂逅流星雨。

◎题磐安盘峰乡大岭头村◎

大岭头村藏秀色，
云巅客栈可清心。
山花含笑轻风引，
古木参天绿意深。
野果满枝凭采摘，
药材遍地任观临。
赏听食宿求真趣，
客向盘峰那畔寻。

◎东阳饧梅诗词各一◎

其一

饧梅形色赛杨梅，
香糯甜滋诱客来。
为助千家红火火，
斯珍最合上餐台。

其二：清平乐·东阳饧梅

清贫年少，
寡水稀汤绕。
炯炯双眸光射扫，
一见饧梅跳笑。

娇红柔糯甜香，
朵颐大快争尝。
今日佳肴处处，
乡情美食名扬。

◎木杆老秤◎

千钧如意扫妖氛，
硬木金星掌世伦。
伏壁乌龙曾宅宝，
墓心砣铁亦家珍。
礼崩乐坏求纲纪，
计险谋深念朴淳。
几许弯钩钢骨在，
倩谁奋臂测红尘。

◎浣溪沙·钉秤◎

硬木一根锉磨精，
黑光油亮嵌金星，
铸砣玄铁肖心形。

斤两权衡提纽系，
丝绳虽小责非轻，
良工细作道斯生。

◎涵　园◎

2017年3月7日夜，因茶失眠，丑时清醒于混沌中，有所思，披衣而起，倚枕而作。3月19日夜改定。——小序

涵芬挹翠踏歌轻，
园景常新令誉生。
宜适门楼联紫气，
居安业乐赋清平。

注释：

每句首字合成：涵园宜居。第三句内嵌『联宜』二字。

◎车慈岭◎

树遮水隐路欹斜，
古道远山少人家。
岭高不碍穿行志，
心雄自有攀援法。
石阶年久滑似油，
丹枫秋深艳如霞。
古貌新颜珠联璧，
盛世车慈蹿身价。

◎艺海公园重修志喜◎

园名艺海玲珑秀，
东城公园史最久。
天女散花白玉雕，
小桥流水芳丛游。
曾经览胜色色喜，
可堪流年桩桩旧。
美人难挽迟暮去，
名园重修青春留。

◎满江红·理水◎

扼腕临流，
多少次，
伤心泪逼。
频纵目，
几多污秽，
几多狼藉。
浊水东流伤大海，
乡愁梦断嗟何及。
盼有朝，
治水志成城，
还清碧。

终惊悟，
雷霆急，
薰莸辨，
严规立。
众擎兮易举，
只争朝夕。
要让江河波潋滟，
期同净润鱼呼吸。
自今后，
勤拭旧山河，
迎新日。

◎游横店夏苑◎

妙境妆奁渐次开，
艳光水法惹灵台。
火烧名苑逼真现，
烈焰狂澜动地来。

◎东阳湖溪马上桥花厅◎

天工巧夺话东阳，
枯木能雕梦里妆。
牛腿簇仙争济楚，
厢楼盈绮奉祺祥。
深功湛艺神难灭，
积岁经年技益彰。
古宅僻居无所碍，
奇珍满腹誉声扬。

◎秋日漫游◎

携妻乡野漫双游，
牵水揽风晚照收。
不问韶光流几许，
葵花灿粲慰清秋。

◎一剪梅·丁酉初秋访巍山镇寺后村◎

特特寻秋入大山，
近在望中，
九曲登攀。
茂林众蔓未经霜，
翠意葱茏，
翁媪康欢。

菱角满池引客馋，
晚稻金黄，
蓼卉盈滩。
火山石砌饬梯田，
锦绣花生，
细绘江南。

注释：

1. 特特：特意。岳飞《池州翠微亭》诗有『特特寻芳上翠微』句。
2. 翁媪（ǎo）：老头、老太太。辛弃疾《清平乐·村居》词有『醉里吴音相媚好，白发谁家翁媪』句。

◎东方伊甸园探花◎

陂南陂北任寻芳，
水库山塘莲藕香。
观景平台频纵目，
奇花满畈赛霓裳。

注释：

1. 东方伊甸园坐落于东阳市六石街道吴良村，一期工程初具规模。
2. 陂，此指山坡。

◎秋游蒋村桥村诗词各一◎

其一：蒋村桥村

沙塍古木蓊村西，
酷暑销身水患息。
树历千年拥翠梦，
人逢盛世仰天梯。
桂香异馥萦秋日，
婺剧清音绕陌堤。
旧井老宅仍有意，
沧桑久阅识高低。

其二：菩萨蛮·蒋村桥村古树群

投林众鸟归飞急，
循声漫步寻踪迹。
驻足在村西，
翠浓漏啭啼。

缓坡绸路细，
古木丛间憩。
炎夏夜相邀，
凉风沁意招。

◎东阳虎鹿镇葛宅兰桥◎

弓背弯腰几度春，
损劳筋骨葆精神。
冰心玉魄清流洗，
屡送多情逐梦人。

◎路遇闻香◎

路遇闻香探秘踪，
红糖九煮正熬浓。
老家旧路寻常过，
识味经由大不同。

◎水云间◎

水穷之处有新天，
云起峰青画韵传。
犬跃牛欢人自乐，
雨帘暮卷众山恬。

◎冬游磐安舞龙峡◎

探幽不必涉迢远，
山水磐安兴会牵。
飞瀑碧潭奇岫影，
舞龙峡内景联翩。

◎南马瑶仪行诗词各一◎

其一：瑶仪村大坑涧

龙脉绵延破万关，
滔滔汩汩出深山。
千淘万漉明甘澈，
欢汲稠人石罅间。

其二：如梦令·瑶仪古树群

长记瑶仪古树，
蓊郁樟槠盈睹。
夺目硕红枫，
俏立苍松闲处。
多趣，多趣，
色富木繁村裕。

第九辑

远足放歌

◎访普陀沈青故居◎

孝子偏多伴苦情，
今游沈院复悲生。
支危独木撑难久，
养老还需美政行。

◎破阵子·再向齐鲁行◎

丙申年暑期伊始，浙江省东阳中学与山东省梁山县金榜苑文化传媒集团联手打造《创新设计》教辅材料。丁酉年暑假，双方再度携手，打磨修订学习资料。——小序

题海扑腾非计，
正途驰骋方赢。
千百回求除困术，
十几人登齐鲁程，
重编优学经。

高铁飞奔风疾，
前尘忆历心惊。
轻负盟牵金榜苑，
誓出高招立令名。
劲由兹处生。

◎ 汶上听蝉 ◎

丁酉暑假访山东汶上县（古中都邑），觉此处众蝉齐鸣者多，而浙江东阳蝉鸣独唱者众。——小序

汶上蜩螗合奏多，
吾乡蝉唱独高歌。
南疆北国饶奇趣，
故惹游人贯似梭。

◎ 丁酉暑假赴京研修 ◎

阔别京师十数年，
醒时梦里念缠牵。
清华濯足池长忆，
北大留情意可传。
弟了陪游欢语绕，
亲朋照拂住房全。
重来致力研修事，
课后餐余效散仙。

◎ 龙虎会京华 ◎

——致清华大学『东阳市校长领导力提升』研训班

龙虎同堂非斗逞，
潜鳞伏爪比谦虚。
真经细悟超乎技，
腾跃翻飞少误疏。

注释：

超乎技：《庄子·养生主》有『臣之所好者道也，进乎技矣』之语。为协平仄记，『进』改为『超』。

◎夏日向晚信步北大◎

向晚从容北大游，
匀园丽景不胜收。
多情翠蔓偎精舍，
霞彩红妆赛锦绸。

◎单车叩燕园◎

一塔湖图旋北大，
单车助我纵情游。
燕园风物分明在，
欲问宗师底处求？

◎立秋月夜游清华园荷塘◎

水木清华出佩弦，
荷塘月色妙文传。
光阴九秩随风逝，
不改婵娟爱此莲。

注释：

1. 朱自清，字佩弦。
2. 此诗作于2017年8月7日夜。

◎再访清华园荷塘◎

最爱荷塘看不足，
晨曦月下去还回。
柳添池水三分绿，
风送红蕖暗馥来。

◎京城丰台区翠清居会胡冠军大师◎

书画精通众艺强，
春秋鼎盛美名扬。
风云际会识荆乐，
紫禁之巅赞老乡。

注释：

识荆：书面语上的一个敬辞，指初次见面或结识。该词出自李白《与韩荆州书》：『生不用封万户侯，但愿一识韩荆州。』

◎秋日吉林行组诗六首◎

其一：打马长街行

初入长春车走疾，
撩人街景映窗前。
有型有款新楼筑，
指顾评谭笑语传。

其二：欢乐英雄

有口皆碑说大年，
才华热血一身兼。
盛年早逝频惜惋，
康健英雄盼两全。

其三：观展

——2017年8月13日
上午长春新区规划展馆

东北重工名历久，
几番起落话艰辛。
宏图新展亲瞻睹，
富美中华指日临。

其四：中华天眼

——2017年8月14日上午参观
吉林长春长光卫星、龙翔集团志感

无人机众卫星多，
灼灼金睛探地窠。
地网天罗终织就，
中华永固止干戈。

其五：参观高铁制造厂

——2017年8月14日下午
参观长春轨道客车股份有限公司

驱风掣电快哉行，
万里之遥咫尺生。
亲探巨车宏制术，
且惊且敬赞连声。

其六：中华第一车

——2017年8月14日下午参观中国一汽

六秩年前掣浩风，
中华速度慕蛟龙。
改革开放潮头立，
手把红旗帜更红。

◎秋游黄山组诗二首◎

其一：圆梦

——丁酉立冬前一日黄山行

黄山迎客漾秋光，
五女同游兴味长。
梦里奇峰今细访，
经行处处历仙乡。

其二：启迪

一山越过一山拦，
厚重如书尽意翻。
谷涧峰峦多启示，
人生贵在敢登攀。

◎ 满江红·塔川览秋 ◎

三变重临，
应难说，
清秋季节，
凄冷甚，
翠红衰减。
物华消歇。
黟县名城霞艳彩，
塔川老树颜红烈。
正金秋，
闹热小山村，
欢歌发。

秋阳暖，
游人悦。
阡陌逛，
农家集。
喜丹枫似火，
柏籽如雪。
满树灯笼柿子果，
几陂潭水琉璃碧。
黑瓦畔
赤绿白黄蓝，
全无缺。

◎关中行组诗七首◎

其一：空中南极

腾云驾雾岂虚言？
一路西来羽化翩。
实乃古都求学去，
空中南极雪原穿。

其二：关中行

华山久慕险奇名，
秘境临潼总梦萦。
胜迹关中行处有，
访寻游学兴头生。

其三：上华山西峰

巨崖千仞刺青冥，
托身缆车化鸟轻。
且喜且惊深谷掠，
拼将一勇险峰行。

其四：参观半坡遗址

斯须穿越六千年，
秘境奇踪认祖先。
亘古中华多巧智，
昌明国运自争前。

其五：临潼探访秦陵兵马俑坑

雄主偏多残虐甚，
草菅人命气豪横。
千年陶俑题高价，
莫谓秦王特有情。

其六：华清池访幽

水则承舟亦覆舟，
温泉漾喜又滋忧。
天生尤物须珍重，
玩偶轻抛总惹愁。

其七：入慈恩寺感玄奘法师

削发难抛家国念，
民瘼牵系怅连年。
取经译述推明道，
高塔丰碑万口传。

且行且吟，他们用诗歌触摸远方（代跋）

□《东阳日报》首席记者　吴旭华

（此文刊发于 2016 年 3 月 30 日《东阳日报》）

我和你之间 / 其实没有距离 // 你说要穿过所有的空间 / 到达一个目标 // 我就把内心腾空 / 把肩膀腾出来

对于诗歌，这确实是群零距离的人。不，应该说诗歌已经融入了他们的血液。炎子，一位供职于市广电系统的诗人，在诗集《炎子的诗》封面上，如此抒写自己与诗歌水乳交融的关系。

“我有一壶酒，聊以慰风尘”。对这位诗人而言，酒入诗肠后，世间风尘都是诗。

虽然，“诗与远方”在这个春天再度流行，唐代诗人韦应物的《简卢陟》点燃了全民诗情，但炎子和他的一帮诗友，并不以此为意。“诗在我们的生活里始终没有消失，更没有冷落，它只是以不同的方式进行着接力，中途有人需要休息，就出现了所谓的‘沉寂’。”年已五旬的他，从 2011 年重新拾起诗歌创作，已在省级刊物上发表了 100 多首诗歌。

每个人的胸中都流淌着诗意，只是更多的人欠缺表达与欣赏。炎子认为，这才是诗歌“小众”的原因。“生活很平庸也很琐碎，我们很多时间被束缚在极为有限的空间里，诗歌是我们触摸远方的最强大的介质。”基于此，他腾出了自己的内心，装载情感；他腾出了自己的肩膀，承载责任。“只有爱国爱家爱人民、雅俗共赏的，能够陶冶人的性情、关心人类命运的诗歌，才是中国好诗歌。”我市著名诗人、建筑学者洪铁城如此定义。

或许，一定意义上，腾出内心、腾出肩膀，抒写“大我”，正是诗人存在的意义。

痴心后的归来

我相信 / 你走得再远 / 还是会回来的 // 我要用最脆弱的痴心 / 等你等你一阵风雨过后 / 忧伤地归来

永远没人能说得清东阳的诗歌创作群体有多大，用“一盘散沙”来形容或许比较贴近。虽然有市作协与市诗词楹联学会作为大本营，但喜欢现代诗歌创作的爱好者，平时的交流仍局限于零散私人接触。去年 4 月 25 日，在洪铁城牵头组织下，争取到市总工会和东磁集团支持，“中国好诗歌”研讨会在横店召开。各地诗人们聚拢到横店，与当代诗坛名家面对面地交流，共商“诗歌如何关心民生、关心家国”等核心问题。

“诗意生活化、生活化诗意”，用诗歌表达现实生活，成了这场研讨会的“宣言”。陈益林、胡才高、石上清泉、胡永清、楼宇航、黄保平等一批现代诗歌创作者，一直未远离诗歌，此次更是找到了另一种归来的方式：诗意地栖居。用诗歌发现生活的诗意，增进生活的诗意。

而要寻找真正层面上的“归来”，供职于市工人文化宫的李晓春或可为个例。15 岁那年，他偷翻了姐姐借来的莎士比亚诗集后，在课堂上疯狂誊抄，被数学老师抓了“现行”。在办公室里，老师拍着桌子训斥：“你要先把该学的学好，然后再去做诗人的梦。”然而，16 岁那年，他的诗人梦戛然止于进厂当学徒。其间，他尝试创作了诸多散文，始终不敢涉足诗歌，只是不断收集诗集。这次的“中国好诗歌”研讨会，他坦言“给我久埋心底的诗的种子送来了雨露”，随后写出了人生第一首诗《结籽的油菜》，收获了朋友圈大量点赞，又被《浙江工人日报》刊发。

“过了知天命之年，我的心态已日趋淡定沉稳，按理诗歌应该远离我。”李晓春笑言，事实却是自己发起了“少年狂”，读诗写诗，成了东阳诗坛的新活跃分子。

《穿过大半个中国去睡你》，2015 年，诗人余秀华的这首诗震惊了中国诗坛。炎子说，这种看似离经叛道的表达，虽然从艺术层面看，缺乏积极意义，但从此诗掀起的“诗歌热”中，可以看到当下社会对诗歌的需求，对诗文化的期待。

“转身把清风阳光的邀请 / 种进心底”，有多少人的诗情，就这样被激活？或许，我们终其一生也成不了诗人，但我们都不该放弃对诗歌的热爱。

匮乏后的回补

现在我就是一粒谷子 / 把自己从地里收割起来 / 也离开那一双手 / 将饱满的思想颗粒 / 放在你的掌心 / 接受你阳光般的注视

“在物欲横流的当下，在内心开辟一方圣地，用来供奉诗歌。”炎子形象地描摹自己对诗歌的坚持。几年来，他发现聚拢在一起的诗友越来越多。“这是物质丰富之后，对精神匮乏的回补。”他认为，对诗文化的期待，才掀起了眼下所谓的“诗歌热”。

偏离正常阅读、远离时代需求，则是炎子和诗友们公认的诗歌被边缘化的主因。“在一个时期，现代诗从明朗到晦涩，又从晦涩到后现代主义，把诗歌掀离了正常阅读的轨道，致使许多诗歌让人不知所云，这也是导致现代诗不为现代人接受而逐渐被边缘化的原因之一。”炎子说，现代更多的诗太过于关注“小我”而脱离了“大我”的背景，导致诗歌背离时代，从而让诗歌离人们越来越远。“我想，只有诗和社会、自然保持最亲密的沟通时，才会是大气之诗。”

从“小我”的个体抒情，转向“大我”的以诗言志，洪铁城认为，唯有如此，现代诗歌创作才能走向繁荣。“中国当下处于社会转型期，矛盾与问题比较多，迫切需要诗人们发出声音。”洪铁城说，历史重要时期是产生伟大诗歌伟大诗人的时代，是不能缺少诗歌的时代。“有人说这两年诗歌走红了，我看这就是走红的原因。”

伟大——东阳的诗友无疑对这个命题有点“自信不足”。他们更多地想知道自己的作品是否符合“中国好诗歌”的标准。对这个标准，去年出席“中国好诗歌”研讨会的《星河》主编、著名诗学理论家骆寒超教授如此定义：浪漫主义、象征主义、现实主义三者结合。

这种高度提炼、抽象概括的定义，洪铁城在诗作《新世纪如是说》中给出了脚注：“很生动，但不教人虚情假意 / 很情感，但不教人自相残杀 / 很迷人，但不教人糊涂一生 / 很缠绵，但不教人沉湎酒色 / 很狂放，但不教人行凶作恶 / 很深刻，但不教人钻死胡同 / 很哲理，但不教人深奥莫测 / 很超越，但不教人天昏地暗 / 很实在，但不教人死板如铁。”

“梨花体、余秀华以及不久前的韦应物诗续写，不管这些诗写了什么，至少从一个侧面可以见证现代社会在物质丰富后，出现了精神匮乏，从而期待一种回补。”炎子认为，当下诗歌的“回归”，可以视为一种精神“回补”。

妙境中的传播

从窗口 / 飞进三朵棉花 // 三朵棉花 / 都有同样的白 // 松软的日光里 / 也都有同样的温度 / 和空气

春日夜晚，和品红茶馆，炎子和诗友陈益林、李晓春再次相聚。这间茶馆也是他们的小群体“诗代广场”固定聚集地。2014 年，炎子牵头组建了“中国诗广场群”QQ 群，聚集了全国百余位诗友，以金华为中心辐射到全国各地的诗歌群落。去年，这个群从线上走到了线下，在金华、浦江、东阳举办了五届诗广场诗会，淋漓尽致地体现了诗在生活中不可或缺的精神愉悦功能；同时通过同题诗赛和诗友互动等，激发了创作热情。

借助网络力量推广诗歌创作与欣赏，一定程度上可以让诗歌打破小圈子，让它与公众的阅读期待相遇，拉近诗歌与更多人的距离。3 位诗友说，当下诗性的表达，不妨借力互联网。

科技的力量不容小视，传统的途径同样可圈可点。东阳技校语文教师胡才高，被称为东阳诗坛的骨干。这位主持了“东阳好诗歌”第一季活动的诗人，几年前就主持编辑出版了东阳诗人的诗作合集。今年，他又向诗友们赠送了全年的文学刊物《文学港》，鼓励诗友创作。

网络可以扩大诗歌的影响，教育则可以提升诗歌的黏性。

作为省特级教师，陈益林在自己供职的东阳中学，数年不间断地尝试诗歌教育。“真正的语文老师，应该是诗人，既会读纸上之书，又会读自然之书，这样培养出的学生才不会是对身边美景毫无感应的树瞎花盲。”他大力推行“诗意语文”，“在校园里，一枝花、一泓水、一棵树的价值，某种意义上与一门课、一位教师、一次考试同等重要。”在他看来，具备生活化诗意语文学习自觉意识的人，其生命体与语文往往臻于“你中有我、我中有你”的境界，涵养出“灵性慧根”。

以生活为根基，以美文佳诗为启迪，在多样化的学习活动中，陈益林让学生充分领略生活中的美丽与美丽的生活，在审美愉悦中不断提升学生的诗意感受与表达能力。“感受日光的松软，感受云朵与棉花有着同样的温度。”也许，离开校园后，唯有语文学习，是我们始终不会轻易放弃的，而怀一颗诗心，在这种学习里“诗意游泳”，无疑会减少我们在终身学习中的障碍，美在其中，乐在其中。

基于同样的出发点，3 月 21 日，世界诗歌日，吴宁一校举行了“我们读诗”活动。当一首首经典诗歌从孩子们口中缓缓而出，诗歌的河流开始潺潺流动……

“但肯寻诗便有诗，灵犀一点是吾师。夕阳芳草寻常物，解用皆为绝妙诗。”这是陈益林最欣赏的清代诗人袁枚的诗——只要具备灵犀慧眼，只要肯去尝试，生活中诗歌俯拾皆是。这倒与洪铁城的话异曲同工。“在中国好诗歌研讨会上，诗坛名家都认为，东阳诗歌创作整体水平不错，选一些到国家级诗刊上发表，比得上省内最优秀的湖州诗群。”洪铁城说，浙师大中文系教授裘樟清和获得过《人民文学》大奖的山东诗人上官南华，都如此高度评价东阳诗歌创作水平。为此，他建议年轻人：多看，看书看生活；多写，每天练笔不辍；多发，发给朋友、老师、报刊，听听不同意见，提高诗歌质量。

面朝大海，春暖花开。大海在远方，以诗歌为脚步，我们却可以一步抵达“春暖花开”。